3/5

Bianca

D0724909

Relación prohibida
Anne Mather

Editado por HARLEQUIN IBÉRICA, S.A.
Núñez de Balboa, 56
28001 Madrid

I.S.B.N.: 978-84-671-9582-8
Depósito legal: B-1052-2011
Editor responsable: Luis Pugni
Preimpresión y fotomecánica: M.T. Color & Diseño, S.L.
C/ Colquide, 6 portal 2 - 3º H. 28230 Las Rozas (Madrid)
Impresión y encuadernación: LITOGRAFÍA ROSÉS, S.A.
C/ Energía, 11. 08850 Gavá (Barcelona)
Fecha impresion para Argentina: 1.8.11
Distribuidor exclusivo para España: LOGISTA
Distribuidor para México: CODIPLYRSA
Distribuidores para Argentina: interior, BERTRAN, S.A.C. Vélez
Sársfield, 1950. Cap. Fed./ Buenos Aires y Gran Buenos Aires,
VACCARO SÁNCHEZ y Cía, S.A.
Distribuidor para Chile: DISTRIBUIDORA ALFA, S.A.

Capítulo 1

ES LA PRIMERA vez que viene a San Antonio? Rachel apartó la vista del exótico paisaje que había más allá del aeropuerto para mirar al taxista.

–¿Qué? Ah, sí. Es la primera vez que vengo al Caribe –admitió–. Casi no puedo creer que esté aquí.

¿Acaso no era la verdad? Una semana antes no había tenido ninguna intención de tomarse un descanso e ir a pasar unos días a aquel lugar, pero entonces su padre le había dado la noticia de que su madre lo había abandonado. Al parecer, Sara Claiborne había dejado su casa y a su marido para irse a la pequeña isla de San Antonio, a visitar a un hombre al que había conocido varios años antes.

–¿Te ha dicho cuándo va a volver?

Había sido la primera pregunta que le había hecho Rachel a su padre.

–Querrás decir que si va a volver, ¿no? –había murmurado éste con amargura–. Si no vuelve, no sé qué voy a hacer.

Rachel se había sentido perdida. A pesar de haber pensado siempre que el de sus padres era un matrimonio sólido, en ocasiones había visto que ellos se trataban con cierta ambivalencia. Además, su madre siempre le había dado a entender con su actitud que aquello no era asunto suyo y Rachel había dado por hecho que lo único que pasaba era que se trataba de dos personas con una actitud diferente hacia la vida.

No obstante, había pensado que Sara y Ralph Claiborne se querían y que, al contrario de lo que había ocurrido con el matrimonio de muchos de sus amigos y vecinos, el suyo no se rompería ni por una pelea ni por una infidelidad.

¿Pero qué sabía ella? Con treinta años, seguía soltera y virgen, así que no era quién para juzgar.

–¿Quién es ese hombre? –le había preguntado a su padre.

–Se llama Matthew Brody –había contestado éste con cierta reticencia–. Lo conocía desde hacía años, como ya te he dicho. Quiero que vayas por ella, Rachel, y que la traigas a casa.

–¿Yo? –había dicho ella, mirándolo con incredulidad–. ¿Y por qué no vas tú?

–Porque no puedo. No puedo. Seguro que lo entiendes. ¿Qué haría si me rechazase?

«Lo mismo que yo, supongo», había pensado ella con tristeza. Se había dado cuenta de que, fuese quien fuese aquel hombre, su padre lo veía como una amenaza para su relación, así que ella no podía negarse a ayudarlo, teniendo en cuenta lo que había en juego.

Le molestaba que su madre hubiese decidido encontrarse con aquel hombre en una isla del Caribe, pero cuando le había preguntado a su padre al respecto, éste le había explicado que Matthew Brody vivía allí. También le molestaba no haberse dado cuenta antes del distanciamiento entre sus padres.

Aunque nunca había estado demasiado unida a su madre. No tenían los mismos intereses ni les gustaban las mismas cosas. Con su padre era distinto.

Rachel suspiró al recordar el resto de la conversación. Le había dicho a su padre que no podía marcharse sin más de su trabajo en un periódico local.

–Yo hablaré con Don –le había asegurado su padre–. Le explicaré que Sara necesita unas vacaciones y que, como yo no puedo acompañarla, te he pedido que lo hagas tú. No se negará a darte un par de semanas libres sin sueldo. Sobre todo, porque mientras que toda la plantilla estaba de baja con la gripe, tú has seguido funcionando.

–He tenido suerte –había protestado Rachel en vano.

Porque Don Graham, el director del periódico, y su padre habían ido al colegio juntos. Y Ralph Claiborne consideraba que si ella tenía ese trabajo, era gracias a él. Y tal vez tuviese razón, pero Rachel prefería no creerlo. Era cierto que había empezado a trabajar nada más terminar la universidad, pero le gustaba pensar que había conseguido el puesto por méritos propios.

A la mañana siguiente, Don Graham la había llamado a su despacho y le había dicho que ya había buscado a otra chica para que la relevase en el departamento de publicidad.

–Tu padre me ha contado que tu madre no ha estado bien durante todo el invierno, así que te voy a dar un par de semanas, pero no te acostumbres, ¿eh?

Así que allí estaba, a cuatro mil quinientos kilómetros de casa, sin tener ni idea de cómo iba a manejar la situación. Estaba segura de que su madre todavía quería a su padre, pero no sabía si ese amor podría perder fuerza frente a otro vínculo. ¿Quién sería el tal Matthew Brody? ¿Y por qué tenía ella tan mal presentimiento?

—¿Está de vacaciones?

El taxista había vuelto a hablarle y ella sabía que sólo intentaba ser amable, pero no tenía ganas de contestarle.

—¿De vacaciones? —repitió, humedeciéndose los labios—. Sí, supongo que sí.

No debía de ser la respuesta correcta, porque el taxista la miró a los ojos por el retrovisor, con curiosidad y cautela al mismo tiempo.

Para distraerse, Rachel volvió a centrarse en el paisaje. Una vez fuera del aeropuerto, la carretera era estrecha y no estaba asfaltada, pero la animó ver el mar y las playas de arena casi blanca. En cualquier caso, aquélla sería una experiencia completamente nueva, e intentaría disfrutarla lo máximo posible.

Nunca había oído hablar de aquella isla, situada en la costa de Jamaica, cerca de las islas Caimán, pero sin ser una de ellas. Según su padre, la isla tenía vida gracias al azúcar de caña, al café y, por supuesto, al turismo.

—¿Se va a quedar mucho tiempo?

—Dos semanas.

Al menos, en eso podía ser sincera. Siempre y cuando su madre no la mandase de vuelta nada más verla. Y ella no sabía si tendría la motivación suficiente para quedarse allí en esas circunstancias.

Aunque poder, podría, ya que su padre le había reservado una habitación en el único hotel de San Antonio, y no había motivo para echar la reserva a perder, ya que la habían conseguido sólo gracias a que otra persona había cancelado su viaje en el último momento.

–¿Le gustan los deportes acuáticos, señorita?

El taxista estaba decidido a averiguar más cosas sobre ella, y Rachel puso mala cara.

–Me gusta nadar –le dijo.

–Aquí hay poco más que hacer –persistió él–. No hay cines ni teatros. No hay mucha demanda de ese tipo de cosas.

–Supongo que no –murmuró Rachel, sonriendo con cinismo.

Al menos, el hombre había tardado diez minutos en hacer un comentario relacionado con su aspecto. No pensaba que, con su edad, estuviese interesado por ella, pero la había asociado más al tipo de vida nocturna de lugares como La Habana o Kingston.

Rachel hizo una mueca. Después de toda una vida, al menos, desde que era adulta, esquivando los comentarios personales y a las insinuaciones sexuales, había aprendido a hacer caso omiso de todas las referencias a su cara y a su cuerpo. Era cierto que era muy alta, rubia, con unos pechos generosos y las piernas largas. ¿Y qué? No le gustaba cómo era, ni cómo la miraban los hombres. Y ése debía de ser el motivo por el que estaba soltera e iba a seguir así a corto plazo.

De más joven, le había preocupado su altura y su aspecto. Había deseado ser más baja, más morena, como su madre. Cualquier cosa con tal de no destacar cuando estaba con un grupo de chicas de su edad.

Pero los años de universidad le habían enseñado que los chicos nunca iban más allá de las apariencias. Como era rubia, tenía que ser tonta y superficial.

–¿Estamos lejos de la ciudad? –preguntó, echándose hacia delante.

–No –respondió el taxista, tocando el claxon antes de adelantar a un carro tirado por una mula y cargado de bananas.

–Se aloja en el Tamarisk, ¿verdad?

–Sí. Tengo entendido que es un hotel pequeño. Supongo que estará lleno en esta época del año.

–Sí, claro. Enero y febrero son los meses con más turismo.

–Umm.

Rachel no comentó nada. Se estaba preguntando cómo sacar el nombre de Matthew Brody a relucir. Era una isla pequeña, con pocos habitantes. ¿Lo conocería aquel hombre?

La carretera, que hasta entonces había bordeado el acantilado, se dirigió hacia el interior y Rachel observó la espesa vegetación, llena de color. A pesar de ser tarde, el brillo del sol seguía siendo cegador.

Se dio cuenta de que se estaban acercando a la pequeña ciudad de San Antonio. Vio casas a lo lejos, algunas con un poco de terreno para el ganado o algo de cosecha, y algunos puestos de bocadillos y de helados en la carretera.

Poco después, la carretera se dividió en dos carriles, separados por una hilera de palmeras. Rachel empezó a ver tiendas y casas con los tejados y los balcones adornados de buganvillas. Muchos rostros antillanos la miraron al pasar desde detrás de las verjas de hierro.

−Supongo que no conocerá a un hombre llamado Brody −sugirió por fin, dándose cuenta de que no podía perder más tiempo.

−¿Jacob Brody? −inquirió el taxista, sin esperar a que ella le dijese que no−. Claro, todo el mundo lo conoce. Su hijo y él son los propietarios de casi toda la isla.

A Rachel la sorprendió. Su padre no le había contado nada acerca de los Brody y ella se había imaginado que el tal Matthew Brody sería una especie de playboy. Y que su madre y él tenían una aventura.

−Esto...

Iba a preguntarle si Matthew Brody tenía alguna relación con el tal Jacob cuando llegaron al hotel. Una estructura de estuco de dos plantas, con una fuente en el patio delantero.

−Ya estamos.

El conductor abrió su puerta y salió. Luego, le abrió la puerta a Rachel y fue a la parte trasera del vehículo para sacar la maleta del maletero.

Rachel lo siguió y le dio un puñado de dólares. Nunca sabía cuánta propina debía dar, pero, a juzgar por la expresión del hombre, en esa ocasión se había pasado.

−¿Conoce a los Brody? −le preguntó el taxista, asociando su generosidad al hombre del que le acababa de hablar.

Rachel negó con la cabeza.

−No −se limitó a contestar−. Puedo sola −añadió, tomando la maleta−. Gracias.

–Ha sido un placer. Si necesita algo más mientras esté aquí, dígaselo a Aaron –señaló hacia el hotel con un movimiento de cabeza–. Tiene mi número de teléfono.

Rachel dudó que volviese a requerir sus servicios, pero le sonrió de manera educada y pensó que, a partir de entonces, tendría que tener más cuidado con cómo gastaba el dinero. No podía permitirse ir tirándolo por ahí.

Subió los dos escalones que daban a un amplio porche con sillas y mesas de mimbre, y entró en la recepción. Se fijó en que había flores por todas partes.

Levantó la vista y se dio cuenta de que las habitaciones del segundo piso daban todas a un balcón curvo que daba al interior.

Una chica guapa, de rasgos antillanos, la observó desde el mostrador.

–Hola, bienvenida al Tamarisk –le dijo la joven con sonrisa practicada–. ¿Tiene una reserva señorita...?

–Claiborne –terminó Rachel–. Fue hecha hace sólo unos días.

–Por supuesto.

Mientras la chica comprobaba la reserva en el ordenador, Rachel aprovechó para mirar a su alrededor.

El hotel era pequeño, pero bonito. Además de ser luminoso, el ambiente tenía un agradable olor dulce y a especias. El aire en el exterior le había parecido cargado y húmedo, pero en la recepción soplaba una ligera brisa que le refrescaba la piel.

–Aquí está, señorita Claiborne.

La chica, que según la etiqueta que llevaba puesta

se llamaba Rosa, había encontrado lo que estaba buscando. Sacó un bolígrafo del cajón que tenía delante y le tendió un formulario.

—Rellene esto —le pidió—. Luego le diré a Toby que la acompañe a su habitación.

—Gracias.

Rachel cumplimentó el formulario y estaba releyéndolo para cerciorarse de que había dado toda la información necesaria cuando notó que el aire se espesaba de repente. Alguien acababa de entrar en el vestíbulo y, a juzgar por lo recta que se había puesto la recepcionista, debía de ser alguien a quien quería impresionar.

Un hombre, pensó Rachel con ironía. Dudaba que Rosa se esforzase tanto por alguien de su mismo sexo. Incapaz de resistirse, miró hacia detrás por debajo de su brazo y vio unos mocasines marrones y unos muslos musculosos enfundados en unos vaqueros negros.

Sin duda, se trataba de un hombre. Se puso recta ella también. Las mujeres eran demasiado predecibles. ¿Acaso no se daban cuenta de que sus reacciones eran muy obvias para los hombres?

—Hola, Matt.

¡Matt!

Rachel pensó que era una gran coincidencia. Se giró para ver al culpable de tanta excitación y vio a un hombre alto y moreno, de hombros anchos.

Supuso que era atractivo, desde un punto de vista atlético. Intentó mostrarse indiferente, pero no pudo. La camisa de manga corta que iba a juego con los pantalones se le salía de éstos en algunas partes. Era muy sexy. Y en la parte superior del brazo llevaba tatuado a una especie de depredador alado.

Tenía la piel de color aceituna e iba muy bien afeitado. Su pelo era grueso y liso, y un poco demasiado largo para su gusto, aunque a Rosa parecía encantarle.

–Eh, el señor Brody lleva todo el día llamando, preguntando por ti –le dijo ésta en tono seductor–. Te está buscando. Si fuese tú, lo llamaría.

–¿Podrías hacerlo, ahora?

A Rachel se le hizo un nudo en el estómago. A pesar de estar convencida de que aquél era el hombre al que estaba buscando, su voz hizo que se le despertasen todos los sentidos. Era profunda, oscura, como la melaza. Y, aunque fuese contradictorio, también le pareció sensual.

Eso la molestó bastante. No estaba acostumbrada a reaccionar así ante un hombre. Y si aquél era el hombre al que había ido a ver su madre, el caso era todavía más alarmante.

Pero no podía ser él. Por supuesto que no. Aquel hombre debía de ser al menos diez años más joven que Sara Claiborne y demasiado sexy. Si lo era, y si su madre había conseguido llamar su atención, Ralph Claiborne no tendría nada que hacer.

Rachel se preguntó qué estaría haciendo él allí. ¿Estaría su madre alojada en el mismo hotel? No podía preguntárselo así como así. ¿Sería capaz de ganarse su confianza?

Apretó los labios con resignación.

Probablemente, no.

Capítulo 2

EL HOMBRE se acababa de fijar en ella.

Bueno, era normal, estaba justo delante de él, mirándolo como si fuese la primera vez que había visto a un hombre en toda su vida. Y por eso mismo notó calor en las mejillas. Se giró enseguida hacia el mostrador, pero segura de que él se había dado cuenta.

Rosa estaba completando la reserva con un ojo puesto en lo que estaba haciendo y el otro puesto en él. Abrió otro cajón y sacó una pequeña carpeta en la que había una llave. Luego tocó la campana que tenía al lado.

–¿Se está registrando?

Rachel se sobresaltó. La voz profunda, de melaza, le estaba hablando a ella, que tragó saliva y miró en su dirección.

–Ah, sí –respondió, sin saber por qué se lo preguntaba–. ¿Y usted?

Él sonrió mucho, pero sin ironía, y Rosa saltó enseguida:

–El señor Brody es el dueño del hotel.

Había desdén en su voz. Entonces apareció un joven de aspecto antillano y lo miró a él.

–Toby, acompañe a su habitación a la señorita

Claiborne –giró la vista hacia ella–. Espero que disfrute de la estancia.

–¿Claiborne? –le dijo Matt Brody antes de que a Rachel le diese tiempo a moverse.

Se había puesto a su lado en el mostrador y, de repente, ella notó el calor que desprendía su cuerpo y el olor a limpio de su piel. Era más alto que ella, algo poco habitual.

Pero lo más inquietante era que le atrajese tanto. Era una experiencia nueva para ella, una experiencia que no sabía cómo manejar.

Él la estudió con sus ojos verdes, enmarcados por unas pestañas largas y oscuras, unas pestañas por las que habría muerto cualquier mujer.

–¿Se apellida Claiborne? –repitió él.

–Eso es –respondió Rachel, apartando la vista de sus cautivadores ojos–. ¿Conoce mi apellido?

Él pareció dudar. Frunció el ceño y el verde de sus ojos se hizo más profundo.

–Tal vez –dijo él por fin–. Lo he... oído alguna vez. No es un apellido muy común.

–No, no lo es.

Rachel intentó no apretar los labios, pero se sintió tentada a preguntarle que dónde había oído su apellido antes. ¿Le diría él la verdad? Lo dudaba. Se preguntó qué diría si ella le contaba que Sara Claiborne era su madre.

–En cualquier caso –añadió él– espero que el alojamiento sea de su agrado –miró al joven que esperaba con impaciencia al lado de su maleta–. Si necesita algo, sólo tiene que llamar a recepción y la ayudarán.

–Gracias.

Rachel tenía ganas de llegar a su habitación, quitarse la ropa y darse una buena ducha fría. Y después, llamaría al servicio de habitaciones, si es que lo había. Estaba encantada con la isla y con el hotel, pero la presencia de Matt, Matthew, Brody iba a ser una complicación.

Sobre todo, teniendo en cuenta el modo en que se sentía atraída por él.

Se obligó a sonreír y se separó del mostrador para seguir al joven botones, Toby, hacia las escaleras. Estaba casi segura de que al menos un par de ojos la estaban observando, y tuvo que contener las ganas de balancear las caderas para demostrar que no le importaba.

¿O estaba poniéndose paranoica? ¿Y engreída? Matt Brody no le había dado ningún motivo para pensar que estaba interesado por ella. Sólo le había dicho que le sonaba su apellido. Y si lo que ella sospechaba era verdad, no era de sorprender.

Tal y como había imaginado, las habitaciones del piso de arriba daban al vestíbulo, pero por dentro eran espaciosas y aireadas, con un balcón que daba a los jardines traseros del hotel.

Después de asegurarse de que tenía todo lo que necesitaba, Toby se marchó y Rachel se puso a inspeccionar su nuevo territorio. La habitación no era demasiado grande, pero era cómoda, con una cama doble, de estilo colonial, un escritorio y dos sillones.

También había unas sillas en el balcón, que estaba protegido del contiguo con un enrejado cubierto por una parra. Abajo estaba la piscina, que en esos momentos estaba casi desierta, a excepción de un par de niños que jugaban alrededor de las sombrillas.

En otras circunstancias, Rachel se habría sentido encantada. Siendo objetiva, la isla lo tenía todo, pero, como todos los paraísos, tenía que haber una serpiente y, a pesar de su fascinación, Matt Brody era quien, en ese caso, desempeñaba el papel.

¿Fascinación?

A Rachel no le gustaron los derroteros por los que iba su mente. ¿Acaso había olvidado el motivo por el que estaba allí? ¿O sus hormonas le estaban jugando una mala pasada? No era el momento adecuado de encontrar a un hombre peligroso y sexy.

El cuarto de baño era funcional, pero cómodo. Rachel se dio una refrescante ducha y luego se puso los calzoncillos y la camiseta que utilizaba para dormir. Le había dado mucho gusto quitarse los pantalones de lana con los que había llegado. El febrero de San Antonio no tenía nada que ver con el febrero de Londres.

Echó un vistazo a la información del hotel y vio que había servicio de habitaciones. No tenía demasiado apetito, ya que era aproximadamente medianoche en Londres y, a esas horas, ella estaba siempre en la cama, pero si no tomaba nada entonces, no aguantaría hasta la hora del desayuno.

Pidió una ensalada y un helado, y esperó a que se los llevasen asomada al balcón. En el exterior se había hecho de noche, pero los jardines estaban bien iluminados. El aire era suave y olía a una docena de fragancias ajenas a ella. Rachel apoyó las manos en la barandilla y respiró hondo, intentando grabar aquel olor en su memoria.

Se le había olvidado la poca ropa que llevaba puesta, y al levantar los brazos por encima de la cabeza, notó cómo sus pechos se movían con toda libertad debajo de la camiseta. Se sintió libre y elemental. El aire de la noche la acarició.

Y entonces lo vio. Estaba casi segura de que era él, Matt Brody, que estaba debajo de una de las sombrillas, mirando hacia arriba, hacia su balcón.

Rachel retrocedió de inmediato y bajó las manos. Se preguntó si la habría visto. Por supuesto que sí. ¿Qué estaría haciendo allí? Seguro que no vivía en el hotel.

Llamaron a la puerta y Rachel sintió pánico, pero entonces recordó que era el servicio de habitaciones. Se puso una camisa de algodón encima de la camiseta y fue a abrir. Era un hombre joven, al que no había visto hasta entonces, que la miró con apreciación.

–Que disfrute de la cena, señorita Claiborne –le dijo, aceptando la propina.

Ella pensó en el modo tan diferente en que había reaccionado su cuerpo ante dos hombres casi igual de atractivos.

Se comió la ensalada y casi todo el helado y luego se metió en la cama mientras mordisqueaba una galleta. Todavía tenía el pelo húmedo, tenía que habérselo secado. Lo haría, después de la galleta.

Era de día cuando Rachel se despertó. La noche anterior no había cerrado las cortinas, así que el sol entraba a raudales por las puertas del balcón.

Sólo eran las siete de la mañana, pero ya hacía demasiado calor en la habitación. Había apagado el aire acondicionado al llegar, pero salió de la cama y avanzó por la moqueta para volver a encenderlo.

Entró en el baño y examinó su rostro en el espejo que había encima del lavabo. Tenía un poco de ojeras, y estaba segura de que le había salido una arruga nueva, pero tenía la piel limpia, aunque fuese demasiado clara para su gusto, y, a pesar de no considerarse una mujer guapa, sus rasgos eran aceptables.

Suspiró y tomó el cepillo de dientes y empezó con su rutina matutina. Nada complicado: una leche limpiadora para la cara y desodorante.

Todavía no sabía si iba a volver a hablar con Matt, Matthew Brody, ni cómo iba a ponerse en contacto con su madre. Suponía que sería demasiado esperar que estuviese alojada en aquel mismo hotel. Su padre no le había dado ninguna dirección, pero Rachel sospechaba que debía de estar alojada en casa del hombre al que había ido a ver.

¿Dónde viviría?

Se puso una falda corta que dejaba al descubierto una cantidad tolerable de carne y una camiseta amarilla. Y, en vez de los tacones con los que había viajado el día anterior, se calzó unas chanclas, pensando que, si se encontraba con Matt Brody, le resultaría mucho más alto y, tal vez, más intimidante.

Pero no quería pensar en eso. Salió de la habitación, cerró la puerta, miró a ambos lados del pasillo y fue hacia las escaleras.

Al otro lado del rellano vio unas puertas dobles. Mientras bajaba las escaleras, se preguntó qué habría detrás de ellas. Tal vez oficinas, o una sala de reuniones. ¿O la residencia del dueño del hotel?

Se encogió de hombros y pensó que eso podría esperar hasta más tarde. Bajó al vestíbulo y la recepcionista, que no era Rosa, sino otra chica, la saludó. Rachel tuvo que admitir que el personal del hotel era muy simpático. Se preguntó si era por la política de la empresa, o porque la gente era así.

¿Como Matt Brody?

Pero no quería pensar en él, así que siguió andando hasta el comedor, donde había algunas mesas ocupadas, aunque la mayoría de las personas estaban sentadas en el patio. Rachel salió al sol y no pudo evitar sentirse optimista.

–¿Mesa para dos? –le preguntó una camarera.

–Para uno –respondió ella.

Le gustó que la camarera se mostrase sorprendida.

La siguió hasta una mesa que había al fondo del patio. Todavía era temprano, no eran ni las ocho, pero el sol ya estaba empezando a apretar. Por suerte, todas las mesas estaban protegidas por un toldo. Rachel no quería empezar su viaje con una insolación.

Se bebió un zumo de frutas y varias tazas de café solo. Jamaica era famosa por su café y aquél estaba delicioso. Sólo se comió un panecillo caliente y un pastel, pasando de las tostadas y de los bollos, a pesar de su apetitoso aroma.

Después de desayunar, se sintió tentada a darse un baño. Normalmente, cuando estaba de vacaciones, hacía turismo por la mañana, antes de que el sol se hiciese insoportable, y luego se bañaba o tomaba el sol por la tarde. Pero allí no estaba de vacaciones, se recordó. En vez de irse a hacer turismo, debía ir en busca de su presa.

Estaba disfrutando de una última taza de café cuando se dio cuenta de que alguien se había detenido al lado de su mesa. Alguien tan alto y moreno que le resultó inquietantemente familiar, tanto que se puso nerviosa y se le aceleró la respiración, y no le hizo falta levantar la vista para saber de quién se trataba.

–Buenos días, señorita Claiborne.

La voz de Matt Brody hizo que se le erizase el vello de la nuca. Rachel se llevó una mano a la parte de atrás de la cabeza y casi le sorprendió que la cola de caballo que se había hecho esa mañana siguiese en su sitio.

–Esto... buenos días.

Él también se había vestido esa mañana con pantalones cortos, que dejaban al descubierto unas piernas morenas y musculosas. Una camisa blanca le marcaba el torso.

Rachel no entendía cómo podía sentirse tan atraída por él. De todos los hombres que había conocido a lo largo de su vida, ¿por qué se ponía así cuando tenía cerca a Matt Brody?

¿De tal palo, tal astilla, tal vez?

Se negó a pensar así.

–¿Ha dormido bien?

Rachel pensó que le dolería el cuello si tenía que seguir mirando hacia arriba, así que se levantó. Aun así, tuvo que seguir inclinando la cabeza hacia arriba para mirarlo a los ojos. Unos ojos verdes que la miraban de manera tranquila e inofensiva. Se preguntó por qué se habría parado a saludarla. ¿Habría adivinado qué había ido a hacer allí?

–Muy bien, gracias –le respondió–. ¿Y usted?

–Yo siempre duermo bien, señorita Claiborne –le dijo él, haciendo una mueca, como si aquello le pareciese divertido–. Me preguntaba si tendría planes para esta mañana.

Rachel se quedó sin habla.

–¿Planes? –repitió–. Esto... no. La verdad es que estaba pensando qué hacer.

Como averiguar dónde vivía y si su madre estaba en su casa. O si debía esperar a que él le contase a su madre que estaba allí y ver cómo reaccionaba.

–Bien. ¿Quiere conocer mejor la isla?

Rachel volvió a quedarse sin habla.

–Esto... sí –respondió, sin saber a qué se estaba comprometiendo, pero decidida a hacerlo de todos modos–. Eso pensaba hacer –respiró hondo–. ¿Hay visitas guiadas?

–Podría decirse así.

Matt sonrió y a Rachel se le hizo un nudo en el estómago. Cuando estaba relajado, como en esos momentos, era impresionante.

–En realidad, le estaba ofreciendo mis servicios –le aclaró él–. Nací en Inglaterra, pero, salvo durante los años de universidad, he vivido siempre en San Antonio. Conozco bien la isla, en profundidad. Supongo que sé de lugares que no aparecen en las guías de viajes.

Rachel estaba segura de ello, pero no sabía cómo tomarse aquella invitación. Era una oportunidad ideal para hacerle preguntas sin delatarse, pero también era una propuesta demasiado atractiva, y no estaba segura de que a su padre le pareciese bien.

–Esto... ¿va a venir alguien más? –preguntó de manera inocente.

–No –le confirmó él–. ¿Le importa? Si le prometo que mantendré las manos quietas, ¿vendrá?

Rachel se ruborizó.

–Ah, no quería decir...

–Sí, claro que sí –le dijo Matt, encogiéndose de hombros–. ¿Entonces? ¿Qué me dice?

Rachel exhaló con nerviosismo.

–¿Tengo que llevar algo? –le preguntó.

–¿En qué está pensando? –le preguntó él. Y luego, como si fuese consciente de su vergüenza, añadió–: Sólo crema solar, supongo. Y un traje de baño.

Rachel puso algo más de espacio entre ambos.

–De acuerdo –contestó, asegurándose a sí misma que no metería el bañador en la bolsa–. ¿Cuándo salimos?

Él se miró el grueso reloj dorado que llevaba en la muñeca.

–¿Tiene suficiente con quince minutos?

Rachel asintió.

–Eso creo.

Él sonrió con ironía.

–Una mujer que no necesita una hora para prepararse. Qué suerte tengo.

«Eso ya lo veremos», pensó Rachel, pero no dijo nada.

–En ese caso, nos veremos en el vestíbulo dentro de quince minutos –concretó Matt, antes de marcharse hacia el interior del hotel.

Rachel tuvo que sentarse un minuto al quedarse sola. Se dijo a sí misma que lo hacía para terminarse el café, pero lo cierto era que le temblaban las piernas.

Se preguntó dónde se había metido.

Pensó que no podía quedarse allí sentada indefinidamente. Tenía que subir a su habitación por la crema solar, aunque no tomaría el traje de baño. De todos modos, ya llevaba una falda bastante corta. Cuando había hecho la maleta no había esperado que el... ¿novio?, ¿amante?, de su madre fuese, como mucho, diez años mayor que ella.

Intentó no darle más vueltas al tema, tal vez siguiese siendo virgen, pero era capaz de cuidar de sí misma. Tal y como su padre le había aconsejado, había ido a clases de kárate y de taekwondo, y a pesar de no ser cinturón negro de ninguno de los dos deportes, sabía defenderse.

Subió a la habitación, sacó la mochila del armario y metió la crema y las gafas de sol. Luego decidió incluir también un bañador negro que se había comprado el año anterior en Barcelona, y una toalla del hotel.

Se miró al espejo y se soltó el pelo. Solía llevarlo liso, pero no se había llevado las planchas para alisárselo, así que lo tendría que llevar rizado. Se lo peinó con los dedos y decidió que tendría que salir así.

Habían pasado casi quince minutos cuando volvió a salir de la habitación. Para su sorpresa, vio a Matt Brody saliendo por las puertas dobles que había al final del rellano. Si las puertas estaban abiertas, Rachel iría a echar un vistazo esa tarde.

Sintió un escalofrío y bajó las escaleras delante de él. Aquel viaje iba a resultar ser mucho más emocionante de lo que había previsto. Fingió no haberlo visto, pero él la llamó:

—No tenga prisa —le dijo, acercándose y apoyando una mano en su espalda—. Estoy justo detrás.

A ella le sorprendió que tuviese callos en las manos

y sintió el calor de su piel como si fuese una corriente eléctrica. Fue sólo un momento, ya que se echó hacia delante para evitar el contacto y estuvo a punto de matarse cuando el pie se le salió de la chancla.

Pero entonces Matt la sujetó por la cintura, evitándole un desastre. Sólo uno, porque al verse atrapada contra su cuerpo, lo único que pudo hacer Rachel fue echarse a reír.

—Gracias —balbuceó.

Sin saber cómo, consiguió zafarse de él, tomar la chancla rebelde y terminar de bajar las escaleras con un pie descalzo. Al llegar al vestíbulo levantó el pie y volvió a ponérsela.

—¿Está bien? —le preguntó Matt.

—Supongo que sí —respondió ella—. Es culpa mía, por ponerme estas cosas en los pies —dijo, señalando las chanclas—. Me habría ido mejor con unos zapatos planos.

—Le habría ido mejor si no hubiese intentado escapar de mí —replicó él—. ¿Qué le ocurre, señorita Claiborne? ¿La pongo nerviosa?

Rachel estuvo a punto de negarlo, pero cambió de opinión.

—Tal vez un poco —admitió—. Me temo que no soy una persona a la que le guste tocar ni ser tocada.

Matt frunció el ceño.

—Supongo que quiere decir que sólo le agrada si la persona le gusta.

—Usted, ni me gusta ni me disgusta, señor Brody —le dijo ella, dándose cuenta de lo difícil que iba a ser aquello. Miró hacia el exterior—. ¿Tiene coche?

Matt la miró en silencio durante unos segundos y

Rachel pensó que iba a deshacerse de ella. Y eso no era lo que quería, aunque la pusiese nerviosa. Al fin y al cabo, había ido a eso a San Antonio.

Entonces, él se encogió de hombros y le hizo un gesto para que saliese delante de él. Rachel lo hizo, pensando que tenía que haberse puesto unos pantalones, habría sido más adecuado. Se sentía demasiado expuesta con aquella minifalda.

Capítulo 3

EN EL PATIO delantero había varios coches. Rachel se detuvo y esperó a que Matt le señalase cuál era el suyo, pero él pasó por delante sin decir palabra. Atravesó las puertas y fue hacia un todoterreno descapotable que había aparcado en la calle.

¿Qué significaba aquello? ¿Que acababa de llegar al hotel esa mañana? ¿O había estado el todoterreno allí aparcado toda la noche?

Lo vio abrir la puerta y esperar a que ella se sentase. Luego, le tomó la mochila y la tiró en la parte trasera del vehículo, como si no le importase lo que hubiese dentro.

—Ah, necesito las gafas de sol —le dijo ella.

Pero Matt no le hizo caso y se sentó frente al volante.

—Pruébese éstas —le respondió entonces, dejándole en el regazo unas gafas caras, de diseño.

Rachel pensó que le quedarían grandes, pero le encajaron como un guante.

—Gracias —le dijo.

Lo miró de reojo mientras arrancaba el motor y pensó si debía preguntarle de quién eran sus gafas. Era evidente que no eran de él, que se había puesto unas Raybans nada más sentarse.

Pero Rachel no dijo nada y se limitó a observar la ciudad, que ya bullía de gente a pesar de ser temprano.

Matt iba conduciendo a mucha velocidad y, aunque no sabía por qué, Rachel tenía la sensación de que aquella salida no le entusiasmaba tanto como a ella.

Y todo por su culpa. Había sido un poco grosera con él en el hotel. No era culpa de él que no estuviese acostumbrada a que la tocasen. Sólo la había agarrado para que no se cayese, nada más.

Llegaron a una zona de calles más tranquilas. Estaban dejando atrás la ciudad y los niños jugaban en la carretera, al parecer, ajenos a los coches. A Matt no le importó tener que frenar cada pocos minutos, como ella habría imaginado, sino todo lo contrario. Saludó a los niños y le demostró que era muy conocido y querido.

El aire era cada vez más caliente y húmedo. Rachel se dio cuenta de que Matt estaba sudando y notó también sudor entre sus pechos. Lo que no había esperado era que él se quitase la camisa para abanicarse el estómago, que brillaba de sudor.

A ella se le hizo un nudo en el estómago al verlo. Y descubrió que, al contrario que en otras ocasiones, no era inmune a aquel hombre. La sensación era más bien la opuesta. Deseaba alargar la mano y tocarlo, enterrar los dedos en su pelo y sentir la suavidad de su piel morena.

Aquello la horrorizó. Creía saber que aquél era el hombre por el que su madre se había marchado de casa. Y fuese la que fuese la relación que ésta tuviese con Matt, a su padre no le gustaría que ella tuviese nada que ver con él.

Después de dejar atrás las últimas casas, se dirigieron hacia el mar. Detrás de ellos quedaron las montañas que había visto nada más llegar, desde el taxi. La espesa vegetación se transformó en una exuberante alfombra verde que descendía hacia el mar.

Rachel, que había intentado mantenerse objetiva, no pudo evitar maravillarse al ver el agua cristalina y la playa de arena blanca.

—Es precioso —comentó en voz baja, casi sin darse cuenta de que eran las primeras palabras que decía desde que habían salido del hotel.

Matt la miró un instante, antes de contarle que era la zona más bonita de la isla.

—Cala Mango —añadió—. La isla de San Antonio es conocida por ser uno de varios picos subacuáticos. Otro de ellos es Jamaica.

—¿De verdad?

Rachel estaba fascinada, y Matt siguió explicándole que los españoles se habían establecido allí por primera vez en el siglo XVI.

—Después, cuando Jamaica se convirtió en colonia británica, ignoraron esta isla, que más tarde fue tomada por los franceses.

Rachel sacudió la cabeza.

—No entiendo que a alguien no le interesase este lugar tan bonito —protestó.

—Supongo que se debió a motivos económicos —comentó Matt mientras detenía el todoterreno en un alto desde el que se veía toda la bahía—. Jamaica ofrecía demasiadas cosas, en comparación con este lugar —hizo una mueca—. Yo se lo agradezco. Al menos no estamos llenos de complejos turísticos y hoteles.

Rachel se giró para mirarlo.

–Al llegar, el taxista me contó que los Brody son los dueños de casi toda la isla. ¿Es verdad?

Matt se quitó las gafas de sol y la miró con el ceño fruncido.

–¿Y por qué le dijo el taxista algo así?

Rachel no supo qué contestar. Todavía no estaba preparada para preguntarle por su madre, pero, al mismo tiempo, tenía que decirle algo.

–Yo... esto... le pregunté por la tierra que había alrededor de las casas y él me contó que no pertenecía a los inquilinos, sino a los Brody.

–¿De verdad? –inquirió Matt con escepticismo–. Bueno, para su información, los isleños poseen sus propias tierras. Animamos a la gente a ser autosuficiente. El taxista se equivocó.

–Eso parece.

Matt salió del todoterreno y le abrió a ella la puerta para que bajase. Nada más hacerlo, notó el calor del sol en los brazos y la deliciosa brisa procedente del agua.

Él volvió a colocarse las gafas de sol y empezó a bajar por las dunas, hacia el mar.

Entonces se giró y la miró.

–¿Viene? –le preguntó.

Y Rachel pensó que no tenía elección. Además, quería darse un baño.

Sacó la mochila de la parte trasera del coche, se quitó las chanclas y lo siguió. No era tan fácil bajar por las dunas como parecía al verlo a él, y Rachel llegó abajo despeinada y con el rostro colorado.

Por suerte, Matt ya había ido en dirección al agua.

Ella dejó la mochila, se intentó peinar con los dedos y se dio cuenta de que no merecía la pena.

Volvió a tomar la mochila y siguió andando detrás de él. Por el camino, se detuvo a observar una enorme caracola rosa.

El sol estaba empezando a calentarle la cabeza y los hombros. Cuando se incorporó, se llevó una mano a la cara para protegerse.

–¿Tiene calor?

Matt se había dado cuenta de que le interesaba la caracola y se estaba acercando a ella. También se había quitado las zapatillas Converse que llevaba puestas, había anudado los cordones y se las había colgado al cuello.

–Un poco –admitió Rachel.

Matt señaló el mar con un gesto de cabeza.

–Dese un chapuzón –le recomendó–. La refrescará. Y tal vez hasta le divierta.

Rachel apretó los labios.

–¿Cómo sabe que he traído bañador?

Él volvió a quitarse las gafas y la miró de manera burlona.

–Podemos bañarnos desnudos si lo prefiere. Si usted se anima, yo también.

Rachel volvió a sonrojarse, pero esperó que no se le notase, dado que ya estaba colorada por el calor.

–Sé que no habla en serio –le dijo, a pesar de temerse lo contrario–, pero da la casualidad de que he traído bañador. Si se da la vuelta, me lo pondré.

–¿Quién es ahora la mojigata? –bromeó él–. No puedo creer que no se haya desnudado nunca delante de un hombre.

Lo cierto era que no, pero Rachel no se lo iba a decir.

–Dese la vuelta –repitió–. No voy a desnudarme delante de un hombre al que casi no conozco.

–Peor para usted.

Pero, para alivio de Rachel, se dio la vuelta y empezó a caminar hacia el mar. Lo vio quitarse la camisa por la cabeza y tirarla a la arena, y después se llevó las manos a la cinturilla del pantalón.

Se quedó boquiabierta. ¿Qué estaba haciendo? Dio un grito ahogado al ver que se bajaba los pantalones. Pero llevaba ropa interior debajo.

Rachel se relajó un poco al ver unos calzoncillos negros, se había temido que se quedase desnudo. ¿Qué pensaría su madre? ¿Sabría que coqueteaba con otras mujeres cuando ella no estaba presente?

Aunque tenía que admitir que, en realidad, no había coqueteado con ella. Rachel se quitó las braguitas y la falda y se subió el bañador. No era culpa de Matt, era un hombre natural y desinhibido, un tipo de hombre al que ella no había conocido antes.

Se quitó rápidamente el sujetador y la camiseta y suspiró de nuevo al terminar de colocarse el bañador. No tenía tirantes, y probablemente no fuese el más adecuado, dadas las circunstancias, pero volvería a ponerse la ropa en cuanto se hubiese dado un baño.

Matt ya estaba en el agua, que le llegaba por las caderas. Rachel se fijó en lo oscura que era su piel. Tenía las caderas estrechas y un trasero bien apretado.

Luego se reprendió por fijarse en esas cosas, sobre todo, tratándose de un hombre que, al parecer, tenía algo con su madre.

Entró en el agua a unos metros de Matt y apartó la vista de él. Fue un placer sumergir los hombros y la cabeza, y volver a emerger feliz sólo por estar viva.

Cuando quiso darse cuenta, no hacía pie, pero no se preocupó. Era buena nadadora y el agua estaba caliente, estupenda. Siempre recordaría la sensación de nadar en el mar Caribe.

Nada más meterse en el agua, se había temido que Matt se acercase a ella. ¿O había sido una esperanza? Pero él estaba lejos, de espaldas a ella, flotando en el agua.

Rachel no pudo evitarlo. Nadó hacia él y le dijo casi sin aliento:

—Es maravilloso. Nunca había nadado en un agua tan clara. Gracias por traerme.

—No hay de qué.

Matt se puso en pie y la miró de manera burlona.

—Habría jurado que no estaba contenta por haber aceptado mi invitación —le dijo, alargando la mano para apartarle un mechón de pelo mojado de la cara. Notó que se ponía tensa y su expresión se endureció—. ¿Le importaría relajarse? ¿O cree que cada hombre que la toca quiere tirársele encima?

—Estoy segura de que usted no, señor Brody —replicó ella.

Y sin esperar su respuesta, se dio la vuelta y nadó hacia la orilla. Enfadada, pensó que era un hombre insoportable. Lo convertía todo en un ataque personal.

Matt se le adelantó antes de que llegase a la orilla, así que se vio obligada a seguirlo al salir del agua. El estómago se le hizo un nudo al ver mejor su ropa interior. Llevaba unos calzoncillos negros ajustados, que se le pegaban al cuerpo como una segunda piel.

Lo vio girarse y recoger su camisa, con la que se secó el pecho y el estómago. Como en el coche, no pareció importarle lo que ella pensase de su comportamiento, pero a Rachel le resultó muy difícil apartar la mirada. Le enfurecía que le pareciese tan sexy.

La bravuconada de haberse llevado la toalla del hotel le pareció innecesaria entonces. Rachel se sintió culpable al sacarla de la mochila. Pero Matt no la estaba mirando. Seguía frotándose el pecho y los brazos, con la atención puesta en un pájaro grande que había a unos metros de ellos.

Rachel no pudo evitarlo. Se enrolló en la toalla y exclamó:

–¿Qué es?

–Un pelícano –le dijo Matt con indiferencia–. Es evidente que ha encontrado algo que comer entre las algas. Esta playa suele estar desierta. Supongo que pensó que no lo molestaría nadie.

–Un pelícano –repitió ella maravillada–. Es la primera vez que veo uno –miró a Matt–. ¿Es eso lo que tiene tatuado en su brazo?

–De eso nada –le contestó él, sacudiendo la cabeza–. Esto es un chotacabras. Me lo hice cuando estaba en la universidad. A mi padre no le gustó, pero ya era demasiado tarde –hizo una mueca–. Termine de vestirse. Luego, la llevaré de vuelta al hotel.

–Oh –dijo Rachel–. ¿Es necesario?

Matt frunció el ceño.

–¿El qué?

–Volver –le explicó ella, a pesar de saber que la había entendido la primera vez–. Mire, sé que antes no he reaccionado bien, pero es que soy así.

–¿De verdad?

Él frunció el ceño, pero no dijo nada. En su lugar, y para sorpresa de Rachel, se dio la vuelta y se bajó los calzoncillos mojados.

Ella abrió mucho los ojos. Había tenido razón al pensar que era así de desinhibido. Le daba igual quién lo viese, o que su comportamiento pudiese resultar ofensivo para otra persona.

Pero Rachel no podía negar que daba gusto verlo. Con los hombros anchos, las caderas estrechas y el trasero redondeado y duro. Y por todas partes igual de moreno. Lo vio seguir utilizando la camisa para secarse y se dio cuenta de que estaba conteniendo la respiración.

No volvió a respirar hasta que no lo vio subirse los pantalones. Escurrió los calzoncillos y se puso la camisa mojada, que se le pegó al cuerpo todavía más que antes. Rachel pudo contar todas las vértebras de su espina dorsal, el relieve de sus músculos del estómago. Y entonces, se dio cuenta de que ella ni siquiera había empezado a vestirse.

«Tonta», se dijo con impaciencia. Estaba actuando como una colegiala enamorada. ¿Qué pensaría su madre si la viese?

Intentó quitarse el bañador debajo de la toalla, pero tenía la piel mojada y se le pegaba a la piel. Se le ocurrió que sería mucho más fácil tirar la toalla al suelo y desnudarse delante de él, pero, por supuesto, no lo hizo. Y, para su alivio, él se agachó a recoger las zapatillas. Rachel consiguió bajarse el bañador y después fue muy sencillo ponerse la ropa.

Estaba metiendo la toalla mojada en la mochila cuando vio su sujetador en la arena. Maldijo entre dientes, pero ya era demasiado tarde. Lo metió en la bolsa y se dio cuenta de que Matt había empezado a andar por la orilla del mar.

Se giró a mirarla justo cuando se estaba incorporando.

–Vamos a dar un paseo –le dijo en tono neutro–. Si piensa que podrá soportar el calor.

–Podré.

Rachel se echó la mochila al hombro y apretó el paso para alcanzarlo, pero al llegar a su lado Matt le tomó la mochila.

–Déjela aquí –le dijo, dejándola caer en la arena–. No va a robarla nadie. Salvo él, claro –añadió señalando el pelícano–, pero no creo que quiera para nada una de mis toallas.

–Sé que no debía haberla traído.

–¿He dicho yo eso?

–No ha sido necesario. Ya me siento bastante culpable sola por haberlo hecho.

–Olvídelo –le dijo él–. ¿Qué es una o dos toallas entre enemigos?

Rachel contuvo la respiración.

–¿Somos enemigos, señor Brody?

–Matt –la corrigió él–. Bueno, es evidente que no somos amigos –se puso a andar de nuevo–. Venga. Siga andando.

Ella lo hizo. Era muy agradable andar por la orilla, con la arena entre los dedos de los pies.

Caminaron un rato en silencio. Rachel había esperado sentirse incómoda, pero no fue así. De hecho, le gustó la sensación de aislamiento. El grito de los pájaros y el rugido del mar era lo único que alteraba la paz.

Entonces, Matt le hizo la pregunta que más se estaba temiendo.

—¿A qué ha venido a San Antonio, señorita Claiborne?

Capítulo 4

MATT se detuvo y Rachel se vio obligada a imitarlo.

Respiró hondo.

—Me llamo Rachel.

—Está bien. ¿A qué has venido a San Antonio, Rachel?

No podía contárselo. No podía hacerlo así. No podía.

—Esto... ¿a qué viene normalmente la gente a la isla? —le preguntó—. Necesitaba un descanso y San Antonio me pareció el lugar ideal para enfriarme.

—¿Enfriarse?

Matt la miró con escepticismo, primero a los ojos y después fue bajando por la garganta, hasta el escote y más abajo.

Rachel se dio cuenta de las desventajas de no llevar sujetador. Debía de notársele que tenía los pezones erguidos. Y, salvo tapárselos con las manos, no podía hacer otra cosa al respecto.

—Debería haber ido al Polo Sur —comentó Matt en tono burlón—. Dicen que allí sí que hace frío.

—Ya sabe a lo que me refería.

—Sí —dijo él, poniéndose a andar de nuevo.

Rachel se sintió aliviada cuando apartó los ojos de ella, pero Matt no había terminado.

–Eso no explica que haya escogido esta isla –persistió–. No es precisamente un lugar turístico.

–Vienen turistas.

–Suelen venir por recomendación –le informó Matt–. Y, con frecuencia, de Estados Unidos.

Rachel consiguió reírse.

–Cualquiera diría que no le gusta que vengan turistas, señor Brody. Si todos sus clientes son sujetos a semejante interrogatorio.

–Matt –la corrigió de nuevo con impaciencia–. Y no es así.

–Ah. Bueno, en cualquier caso, ya estoy aquí. Lo siento si molesto.

Matt estudió su expresión, aparentemente inocente durante otro inquietante segundo y luego hizo un ademán.

–¿Acaso he dicho yo eso? –preguntó–. Me... intrigas, eso es todo. No es más que pura curiosidad, pero me parece que no está siendo sincera con respecto a los motivos de su viaje.

–¿Me está llamando mentirosa, señor Brody?

–No ponga palabras que no he dicho en mi boca, señorita Claiborne. Digamos que creo que está diciendo verdades a medias.

Rachel echó a andar de nuevo. Sintió su mirada en la espalda, pero se obligó a seguir adelante.

–Veo que no se anda con miramientos, señor Brody –replicó, mirándolo por encima del hombro–. Y yo que pensaba que estaba disfrutando de mi compañía.

–Que disfrute o no de tu compañía no tiene nada que ver con esto –contestó él, poniéndose delante de

ella e impidiéndole el paso–. Y, por favor, deja de llamarme señor Brody.

Rachel hizo un esfuerzo por guardar la compostura,
pero era difícil hacerlo con semejante hombre delante.

–Está bien, *Matt* –le dijo con naturalidad–. No tienes que seguirme la corriente. No soy lo que esperabas y sospecho que no te caigo demasiado bien.

–¿De dónde te has sacado eso? –su mirada se os-
cureció–. Tienes razón. No eres como esperaba.

Rachel sintió cierta decepción, pero ¿por qué iba a
ser aquél distinto de los demás hombres? Y, lo que era
más importante, ¿por qué le importaba? Era problema
de su madre, no suyo.

–Creo que deberíamos volver –le dijo, concentrán-
dose en el botón desabrochado de su camisa, a pesar
de no ser el mejor lugar al que mirar. Cualquier cosa
con tal de evitar sus ojos–. Ha sido muy... agradable,
pero todo lo bueno se tiene...

–Ése es parte del problema –continuó él, haciendo
caso omiso de sus palabras y añadiendo en tono sensual–. No te pareces en nada al resto de mujeres que
conozco.

–Y seguro que has conocido a muchas –replicó ella
sin poder evitarlo.

–A algunas –admitió él, mirándola como un depredador.

Rachel no pudo evitar retroceder, pero Matt la siguió.

–¿Te molesta? ¿Que no quiera que me gustes, pero
que me gustes?

Rachel se quedó boquiabierta.

–¿Vas a atacarme, Matt? Porque tengo que adver-
tirte que sé cómo defenderme.

–¡Por Dios santo! –exclamó él, pasando de largo–. Escúchate, por favor. Recoge la mochila. Volvemos al hotel.

Ella empezó a seguirlo con paso rápido. Habían andado mucho camino y tuvo que ir corriendo por la mochila y luego subir también corriendo hasta donde habían aparcado el todoterreno.

–Podrías haberme ayudado –le dijo al llegar arriba.

Matt se limitó a tenderle las manos.

–¿Qué? ¿Y que me acusasen de intentar aprovecharme de una de mis clientas? –le dijo en tono burlón–. Además, ¿por qué privarme de un espectáculo tan divertido?

Rachel apretó los dientes.

–¡Imbécil!

–¡Rubia tonta! –replicó él, encogiéndose de hombros.

–¡No soy una rubia tonta!

–Ni yo un imbécil, señorita Claiborne. Suba al coche y la llevaré de vuelta al hotel.

Ella abrió la puerta del todoterreno y se subió. Vio a Matt sacarse los calzoncillos mojados del bolsillo y echarlos en la parte de atrás. Cuando se sentó a su lado, la cinturilla del pantalón se le bajó, dejando al descubierto parte de su espalda y recordándole a Rachel que no llevaba nada debajo.

Tuvo la sensación de que volvían al hotel mucho antes de lo que había esperado. Enseguida estuvieron frente a las puertas del Tamarisk.

Rachel abrió la puerta y salió de un salto, luego se giró para darle las gracias por compromiso, pero Matt le dijo:

–Que tengas un buen día.

Y se marchó antes de que le diese tiempo a hablar.

Rachel apretó los labios con frustración, pero no pudo hacer nada al respecto. Matt se había marchado, sin darle oportunidad a que le preguntase por su madre. Aunque ella no supiese si habría sido capaz de hacerlo.

Al llegar a su habitación, vio que tenía un mensaje en el teléfono. Levantó el auricular y llamó a recepción.

–Creo que tienen un mensaje para mí.

–Tengo una nota que dice que ha llamado su padre a las nueve de la mañana –le informó la recepcionista tras comprobarlo–. Ha pedido que le devuelva la llamada en cuanto pueda.

Por supuesto. Su padre. Seguro que había esperado que Rachel lo llamase la noche anterior.

–Está bien, gracias –contestó ella antes de colgar.

Necesitó unos segundos para pensar en lo que iba a decir antes de hacer la llamada.

Por fin marcó el número de casa de sus padres.

–¿Dígame?

La voz de su padre le resultó sorprendentemente agradable. A pesar de la discusión que habían tenido acerca del viaje, seguía siendo su mejor amigo. Rachel quería a su madre, de eso no cabía duda, pero la actitud distante de ésta hacia ella había hecho que nunca estuviesen unidas.

–Eh, papá –dijo ella, intentando parecer contenta–. Siento no haber estado cuando has llamado.

–¿Dónde estabas?

–Dando una vuelta por la isla –respondió Rachel–. Iba a llamarte en cuanto volviese.

–¿Qué está pasando? ¿Has hablado ya con tu madre?

–¿Bromeas? –inquirió ella indignada–. Papá, es una isla pequeña, pero con una población de varios miles de habitantes.

–¿De verdad?

–Sí –contestó Rachel suspirando–. Vas a tener que darme más tiempo, papá. No puedo hacerte un informe diario.

–Nadie te ha pedido que llames todos los días –replicó él, enfadado–, pero mantenme al tanto, Rachel. Es lo único que te pido.

–Lo haré. Cuando tenga algo importante que contarte –Rachel cruzó los dedos, consciente de que tampoco estaba siendo sincera con él–. ¿Qué tal estás? ¿Cómo te las arreglas solo?

–Ah, estoy bien. Tu tía Laura me trajo comida preparada anoche –le contó, como si eso lo molestase–. Esa mujer no me deja en paz.

–Ten cuidado con lo que haces –lo reprendió ella–. Ya sabes que siempre has sido su punto débil. Siento que te esté molestando, teniendo en cuenta que es probable que mamá vuelva a casa en un par de días.

–¿Eso piensas?

Su padre no parecía optimista y Rachel no lo culpaba. Si su madre tenía una relación con Matt Brody, era poco probable que quisiera terminarla pronto.

–Déjamelo a mí –le dijo con firmeza–. Te llamaré dentro de un par de días, a no ser que tengas tú algo que contarme antes.

–No lo creo –le dijo su padre, como si estuviese deprimido–. Gracias a Dios que no me jubilé el año pasado, como quería tu madre.

Ralph Claiborne era contable en una pequeña empresa, y Rachel se preguntó si no habría sido aquél el desencadenante de toda la situación. Tal vez su madre se había sentido sola. Aunque eso no era excusa para hacer lo que había hecho.

–Bueno, papá. Voy a darme una ducha y a comer. El hotel es estupendo –«y pertenece a los Brody», pero ése era un tema que no podía tocar–. Me alegro de que lo eligieras.

–Y yo me alegro de haber hecho algo bien –le respondió su padre–, pero no has ido allí de vacaciones, Rachel. Ya sabes lo que espero de ti. Encuentra a tu madre.

–Sí, papá.

A Rachel le dolió oírlo tan triste y, después de haber colgado el teléfono, se quedó allí un rato, observando el aparato. Sin la ayuda de Matt Brody, no sabría por dónde empezar a buscar a su madre. Aquél era el único hotel de la isla, según el taxista, y la recepcionista le habría dicho algo si su madre hubiese estado hospedada allí.

Durante los dos siguientes días, Rachel hizo un esfuerzo por averiguar todo lo relativo a otros alojamientos en la isla, pero no encontró a su madre por ninguna parte.

Al tercer día, fue a dar un paseo por el puerto. A pesar de no haber dejado de buscar, los dos primeros días todavía había sufrido el jet-lag y había tenido que descansar en la habitación por las tardes. Después había bajado a darse un baño en la piscina al anochecer, antes de volver a su habitación a vestirse para la cena.

Estaba empezando a acostumbrarse a aquella rutina y sabía que debía ponerle fin. Era demasiado fácil relajarse allí, aunque cada vez que veía a Matt Brody se le pusiesen todos los pelos de punta. Lo había visto en una o dos ocasiones, entrando o saliendo del hotel, pero no habían hablado. Rachel tenía la sensación de que la estaba evitando.

Y eso no era de gran ayuda para la causa de su padre, que se habría sentido traicionado si se hubiese enterado de que había hablado con Matt Brody sin mencionar el nombre de su madre.

Pero ¿cómo iba a hacerlo? Sólo había pasado un par de horas en su compañía. Ni siquiera eran amigos, sino más bien enemigos. ¿Cómo iba a haberle hecho una pregunta tan personal?

«¿Estás teniendo una aventura con mi madre?».

El puerto era tan bonito como el resto de la isla. Había varios barcos pesqueros amarrados a un lado de un muelle de piedra, mientras que al otro había un puerto deportivo con mucho movimiento.

Había varios barcos de vela, y también a motor. Enormes y caros, de varios pisos y con relucientes acabados. Uno de ellos tenía hasta una piscina, que en esos momentos estaba vacía.

Rachel se apoyó a la barandilla que daba al puerto deportivo. Esa mañana se había puesto unos pantalones cortos y una camisa azul de seda que había comprado en la tienda del hotel. Estaba admirando su suave bronceado cuando un hombre llamó su atención, iba vestido de manera formal, con unos pantalones largos con pinzas y una camisa de vestir, abierta en el cuello. También llevaba corbata, aunque se la había aflojado. La brisa lo había despeinado, pero no cabía ninguna duda, se trataba de Matt Brody, en carne y hueso.

Su instinto le dijo que se marchase antes de que la viese. No estaba haciendo nada malo, pero tal vez él no la creyese si le decía que estaba allí por casualidad. Recordó que la había evitado en el hotel. O, al menos, que no había hecho ningún esfuerzo por volver a hablar con ella. Y después de cómo se había comportado en la playa con él, no era de extrañar.

Imaginó que acababa de bajarse de uno de los barcos a motor. El yate que tenía detrás no era el más grande del puerto, pero tampoco el más pequeño. No iba vestido para navegar, ¿qué estaría haciendo allí?

A pesar de las dudas, Rachel supo que tenía que hacer un esfuerzo y hablar con él. Al menos, por su padre. ¿Cómo iba a averiguar dónde estaba su madre si no abría sus líneas de comunicación, como decían en las novelas de detectives? ¿Qué tendría de malo? Si Matt se escaqueaba, al menos podría decir que lo había intentado.

Rachel respiró hondo y se preparó para saludarlo, y entonces vio a una joven que salía del barco detrás de él.

–Espera –lo llamó, como si estuviese nerviosa–. Espérame, Matt. ¿No querrás que me rompa un tacón con estos malditos maderos?

Rachel se fijó en que era guapa. No demasiado alta, pero delgada y con gracia, con el pelo corto y rasgos delicados. Aunque en ese momento estaba frunciendo el ceño, enfadada.

–Yo no te pedí que vinieras –le gritó Matt, mirándola por encima del hombro.

Rachel se sintió como una cotilla, aunque no hubiese sido ésa su intención.

–Lo sé –le dijo ella, llegando a su lado. Lo agarró del brazo y él no se apartó–, pero quería hablar contigo a solas.

Matt la ayudó a traspasar la puerta de salida del atracadero.

–Lo que quieres decir es que nunca te levantas antes de las doce del mediodía.

–Necesito dormir –protestó ella, y ambos desaparecieron bajo el saliente del embarcadero.

Y Rachel se dio cuenta de que debían de estar dirigiéndose hacia las escaleras de piedra que estaban a sólo unos metros de ella.

Pensó en escapar antes de que la viesen. Fuese quien fuese aquella chica, Matt conocía sus horarios de sueño. Lo que hizo que Rachel se preguntase con cuántas mujeres estaría a la vez.

Sin embargo, antes de tomar una decisión acerca de lo que debía hacer, Matt apareció en lo alto de las escaleras. Alargó una mano y ayudó a la joven a subir también, y ambos empezaron a andar hacia donde estaba Rachel.

Matt la reconoció enseguida. Rachel tuvo la sensación de que miraba de reojo a su acompañante, pero no redujo el paso. Fuese quien fuese la joven, a Matt no le preocupaba que los hubiese visto juntos.

–Hola –dijo Rachel cuando los tuvo más cerca,

consciente de que había pillado a la chica despreve-
nida–. Bonita mañana, ¿verdad?

–En San Antonio todas las mañanas son bonitas
–respondió Matt con voz tensa.

Rachel pensó que él habría seguido andando si no
hubiese sido porque la chica con la que iba lo agarró
del brazo.

–Salvo durante la temporada de huracanes –dijo
ésta, mirando a Rachel con el ceño fruncido–. ¿Está
alojada en la isla? ¿Señorita...?

–Rachel –le dijo ella–. Estoy alojada en el Tamarisk.

–Ah. Estás en el hotel –dijo la chica arqueando las
cejas y mirando a Matt–. Muy interesante, ¿verdad,
Matt?

Éste se limitó a encogerse de hombros y la chica lo
miró y después le preguntó a Rachel:

–¿Y tienes pensado quedarte mucho tiempo?

A Rachel no le gustó que la interrogase, sobre todo,
porque ni siquiera las habían presentado, pero si quería mantener la atención de Matt, tenía que ser educada.

–Ah, no –contestó–. Sólo un par de semanas. No
creo que lleguen a molestarme los huracanes.

–Ni a Amalie tampoco –intervino Matt, como si se
hubiese sentido obligado a participar en la conversación–. Para entonces, mi hermana ya estará de vuelta
en Nueva York.

¡Era su hermana!

Rachel se humedeció el labio superior con la punta
de la lengua. No debía sentirse aliviada, pero así era.

–¿Y habéis estado navegando? –les preguntó.

–¿Con esta ropa?

Amalie puso los ojos en blanco y Rachel se sintió tonta por haber hecho aquella pregunta.

–Sólo estaba revisando el barco –le dijo Matt, compadeciéndose de ella–. Mañana viene un grupo de pescadores y quieren ir al Gran Caimán.

–Ah... Lo alquiláis.

–Sí, lo alquilamos –dijo Amalie–. Mi hermano insiste en revisar los barcos en persona.

Rachel abrió mucho los ojos.

–¿Tenéis más de uno?

–Por supuesto. Tenemos...

–Más de uno –terminó Matt por su hermana–. Y, ahora, si nos perdonas...

–Lo cierto es que me preguntaba si tú, y tu hermana, por supuesto, querríais tomaros un café conmigo.

Amalie estudió a Rachel y luego miró a su hermano de manera burlona.

–Eh, creo que te están haciendo una proposición, cariño. ¡Rachel intenta seducirte!

Capítulo 5

POR DIOS santo, Amalie!
Matt juró, enfadado por el comentario, aunque Rachel pensó que no podía sentirse tan mal como ella.

–¿Qué? ¿Qué? –dijo Amalie, con fingida inocencia.

Pero Rachel estaba segura de que había sabido cuál sería exactamente la reacción de su hermano.

–¡Madura! –dijo éste–. No todas las mujeres se pasan el día pensando en sexo. No pienses que todo el mundo es como tú. Y resérvate esos comentarios tan soeces.

–Vale, vale –contestó ella. Luego volvió a mirar a Rachel–. No te has ofendido, ¿verdad?

Rachel murmuró algo poco comprometedor, y Amalie continuó hablando:

–Quiero decir que las dos somos mujeres de mundo, ¿no? Y tú debes de ser algo mayor que yo. Sí, apuesto a que has conocido a algunos hombres interesantes.

Rachel se preguntó qué diría Amalie si le contaba que todavía era virgen. Era probable que no la creyese. Casi nadie lo hacía. Sobre todo, los hombres.

–A mí sí que me has ofendido –declaró Matt enfadado–. Ve por el todoterreno y vuelve a casa, Amalie.

Yo llamaré a Caleb para que venga a buscarme cuando haya terminado.

—Pero si Rachel me ha invitado también a mí a tomar un café —se quejó Amalie.

—Rachel no sabía que tenías que marcharte. ¿Quieres que discutamos?

—No. Pero que sepas que no eres nada divertido. Me habría apetecido ir a tomar un café.

—Tómatelo en casa —le aconsejó Matt muy serio.

—Nunca podemos hablar —se quejó Amalie.

—Está bien. ¿Y si te prometo que hablaremos esta noche?

—¿Esta noche?

—Sí. Quédate a cenar en casa. Entonces hablaremos de tus problemas económicos.

Amalie apretó los labios.

—¿Y Tony?

—¿Tony Scabo?

—Sí. He quedado con él esta noche.

—Tráelo a cenar. Seguro que le interesará oír lo que tienes que decir.

—¡Animal! —lo insultó Amalie. Luego miró a Rachel—. No creas que soy tonta —espetó, antes de volver a echarse a andar con sus ridículos tacones.

—Lo siento si he causado un problema —se disculpó Rachel cuando se hubo alejado.

—¿De verdad? —le dijo Matt, como si no la creyese—. ¿Seguro que no has venido sólo a causarme problemas?

—No sé qué quieres decir.

—¿No? ¿Y por qué estás tan simpática de repente? La última vez que nos vimos me llamaste imbécil.

–¡Y tú a mí rubia tonta! –replicó Rachel con el rostro encendido.

–Lo hice sólo para defenderme.

–En cualquier caso, no tenía razón. No eres un imbécil. Siento haber sido tan grosera. Ahora, ¿podemos olvidar nuestras diferencias y empezar de cero?

–¿Por qué?

–¿Por qué? –la pregunta la pilló por sorpresa.

–Sí. ¿Por qué te importa lo que piense?

–Bueno... Me importa y punto –hizo una pausa–. ¿Vas a tomarte un café conmigo?

–¿Estás intentando seducirme?

–¡Claro que no! Desde luego, eres el hombre más exasperante que he conocido.

–Y has conocido a unos cuantos, ¿no? Al parecer, Amalie ha pensado que sabías cómo moverte.

–Pues se equivoca, no se deje engañar por las apariencias, señor Brody.

–¿Lo dices porque tienes una cara y un cuerpo que pueden hacer que los hombres piensen en sexo?

–No –contestó Rachel, que sabía que la estaba provocando–. Sólo quería que supieras que no me paso el día saltando de cama en cama.

–Supongo que te refieres a camas de hombres –murmuró él en tono burlón, luego suspiró.

–¿Podemos dejar el tema? ¿Quieres que nos tomemos un café o no?

–¿Todavía puedo?

–Por supuesto.

Matt se encogió de hombros.

–¿Por qué no? Si me prometes que vas a dejar de llamarme señor Brody.

Empezaron a andar hacia el muelle.

–Entonces, ¿estás disfrutando de las vacaciones? ¿No te sientes sola?

–¿Piensas que es por eso por lo que te he preguntado si querías tomarte un café conmigo? –inquirió ella de inmediato.

Matt la miró con resignación.

–No –le dijo–. Lo creas o no, era una pregunta inocente, pero si prefieres no responderla, no pasará nada.

Rachel apretó los labios. De algún modo, Matt conseguía siempre hacer que se sintiese pequeña.

–De hecho, no he tenido tiempo para sentirme sola. He estado explorando la ciudad, superando el jet-lag –hizo una mueca–. Y al verte he pensado que debía intentar reparar el daño que hice el primer día.

Matt la miró de reojo.

–¿No tenías curiosidad por saber quién era Amalie?

Rachel apartó la mirada, para que él no se diese cuenta de que estaba ruborizada.

–¿Por qué iba a tenerla? –le preguntó–. ¿Adónde quieres que vayamos a tomar el café? ¿Hay algún lugar especial que sólo conozcáis las personas de aquí?

Matt no respondió de inmediato, y luego señaló al otro lado de la calle, una cafetería pequeña en la que Rachel ni se habría fijado si él no se la hubiese indicado.

–Juno's –le dijo Matt–. Es una buena amiga. Y casualmente sirve el mejor café de San Antonio.

–Muy bien.

Cruzaron la calle y subieron las escaleras que llevaban a la primera planta del bar. Entraron en un ambiente que olía a cerveza y tabaco, a ricas especias y a café.

Juno se acercó a saludarlos. Era una mujer antillana escultural, de unos sesenta años, con un cuerpo alargado y curvilíneo y una melena violeta que no le pegaba nada. Vestía un caftán de colores que le llegaba al tobillo y llevaba a una niña de pelo rizado sentada en la cadera.

–¡Eh, Brody! –exclamó al verlo, dándole un abrazo a pesar de la niña, que protestó.

Matt se inclinó y se puso a hablar con la pequeña, que sonrió y se metió el pulgar en la boca.

–Hola, Juno –la saludó él–. Y ésta debe de ser Patrice.

–Soy Megan –replicó la niña indignada.

–Claro –le dijo Matt sonriendo–. Megan. Te estás haciendo tan mayor que no te había reconocido.

Y a Rachel se le encogió el estómago al verlo tan encantador.

–Eres un demonio con mucha labia –le dijo Juno con fingida indignación–. Ten cuidado con los hombres como éste, Megan. Sólo tiene físico, nada de sustancia.

Matt se echó a reír.

–Estás celosa, vieja –le dijo–. Y aparentas la mitad de tu edad.

–¡Has oído lo que ha dicho! –exclamó Juno, mirando a Rachel–. ¿No te parece un canalla encantador? Por cierto, ¿quién eres, niña? –volvió a mirar a Matt–. No creo haberla visto antes.

–No. Ésta es Rachel. Está alojada en el hotel.

–Pues es mucho más joven que la que trajiste la semana pasada.

Rachel se quedó boquiabierta y miró a Matt fijamente, pero éste no cambió de expresión.

–Es posible –comentó sin más–. Menos mal que
puedo contar contigo para que me mantengas a raya.

–Como si pudiera hacerlo –le dijo Juno. Luego,
volvió a mirar a Rachel–. ¿Estás de vacaciones? ¿O te
ha invitado a venir este loco?

–Eh, no soy ningún loco. Soy un gatito –intervino
Matt antes de que a Rachel le diese tiempo a contestar–. No me menosprecies, mujer.

–Nadie podría menospreciarte, Brody –declaró
Juno–. Pero tampoco eres ningún gatito. Tal vez un
puma. O un jaguar. Cualquier otra cosa, sería engañarte a ti mismo.

–Suelo hacerlo bastante –respondió Matt sin ren-
cor. Luego miró a Rachel–. Bueno, tendrás que admitir que tengo buen gusto.

–Eso no te lo puedo discutir –le dijo Juno, que estaba
estudiando a Rachel de nuevo–, pero a ésta cuídala. Parece frágil. No vayas a romperle el corazón, ¿me oyes?

Matt torció el gesto.

–No creo que pudiese –comentó en tono seco.

Aunque Rachel tenía la sensación de que estaba
equivocado. Aunque no fuese del modo que sugería
Juno, había más de una manera de destrozar su vida.

–Bueno, supongo que habéis venido a tomar uno
de mis brebajes Montaña Azul, ¿no?

–Sí –asintió Matt–. ¿Podemos sentarnos en la terraza?

–Me parece que la tenéis para vosotros solos. Sen-
taos donde queráis. Iré a ver si las magdalenas de Oscar han salido ya del horno.

–A ver si hay suerte –le dijo Matt antes de acompañar a Rachel hasta la terraza.

En el interior del bar había un par de hombres sentados delante de la barra y varios jugando al ajedrez. Rachel se preguntó cómo podían estar allí dentro haciendo una mañana tan maravillosa, pero, aun así, no pudo distraerse ni dejar de pensar en lo que habría querido decir Juno. ¿Qué otra mujer había ido allí con Matt? ¿Cómo podría averiguar si se trataba de su madre?

Matt la llevó hasta una mesa que daba a la calle, desde la que se veía el puerto y estaban protegidos del sol por un toldo.

–¿Te gusta? –le preguntó, sacando a Rachel de sus pensamientos.

–Es muy... muy...

–¿Curioso? –sugirió él, arqueando las cejas.

Pero Rachel negó con la cabeza.

–Evocador –decidió–. El tipo de lugar en el que una se imagina a los piratas reunidos para planear su siguiente viaje.

–¿Piratas, eh? –repitió él en tono irónico–. Supongo que piensas que yo encajo muy bien.

–Si la gorra encaja –comentó ella, preguntándose cómo podía llevar la conversación hacia temas más personales–. Parece que Juno piensa que eres todo un rompecorazones –hizo un pausa–. ¿Es cierto?

–Tendrás que averiguarlo –le contestó él, tomando el salero y acariciándolo con sus largos dedos.

Rachel sintió aquella caricia en su piel, bajando hasta los dedos de los pies.

Entonces Matt levantó la vista y se dio cuenta de

que lo estaba observando. Sus ojos verdes se oscurecieron.

–¿Qué? –le preguntó–. ¿En qué estás pensando? Tengo la sensación de que me estás desnudando con la mirada. ¿O me equivoco?

–¡Te equivocas!

Siempre la desconcertaba y Rachel deseaba ser capaz de preguntarle directamente si había llevado a su madre allí. Eso tal vez lo desconcertase a él, aunque no estaba del todo segura. Además, no se atrevía a hacerlo.

–Está bien –dijo él, sin dejar de mirarla a los ojos–. ¿Te gustaría que te desnudase yo? A mí me encantaría. Tal vez lleves una rosa inglesa tatuada en el trasero.

–¡De eso nada! –exclamó ella, fulminándolo con la mirada.

–¿No te gustan los tatuajes?

–Yo no he dicho eso.

–Vale. Te enseñaré el mío si tú me enseñas el tuyo.

Rachel apretó la espalda contra el respaldo de su silla.

–Ya he visto el tuyo –le dijo.

–Es cierto. Y eso no es justo, ¿no crees?

Rachel no podía mirarlo. La conversación se le estaba escapando de nuevo, y se sintió casi aliviada cuando vio llegar a Juno con los cafés.

–Aquí está –dijo ésta, dejando dos tazas de humeante café–. Te he traído leche y azúcar, Rachel. A Matt sé que le gusta así, tal cual.

–Siempre me gusta así, ¿verdad?

Rachel supo que sus palabras tenían un doble sentido, pero Juno dijo con naturalidad:

–Y Oscar os manda una trenza y una magdalena re-llena de sirope de arce a cada uno –miró a Rachel–. Pruébalos, niña. Te vendrá bien un poco más de carne para esos huesos.

–No le hace falta más carne –la corrigió Matt–. A mí me parece que es perfecta.

–Bueno, ten cuidado, niña –le dijo Juno, tocándole el hombro–. Cuando dice que eres perfecta, es porque quiere algo. Puedes estar segura.

Rachel volvió a sentirse aliviada al ver desaparecer a Juno.

–Prueba la magdalena –le aconsejó Matt, dándole un bocado a la suya–. Umm, casi merece la pena engordar con esto.

Rachel partió la magdalena con las manos, para hacer algo con ellas, y el olor casi la hizo salivar. Podría incluso olvidarse de por qué estaban allí.

Mordisqueó un trozo mientras se preguntaba cómo empezar. Después puso un poco de leche en su café y le dio un trago. Tal y como Matt le había prometido, estaba delicioso. Y la cafeína le dio energías.

–Háblame de ti –le dijo él, pillándola por sorpresa–. Háblame de Rachel Claiborne. ¿Tienes trabajo en Inglaterra?

–Bueno, no me dedico a vivir la vida –respondió ella de manera cortante, pero luego se dio cuenta de que así no iba a llegar a ninguna parte–. Esto... trabajo en un periódico.

Matt la observó con interés.

–¿Eres periodista? ¿No serás alguna columnista famosa a la que debía haber reconocido?

Rachel sonrió y negó con la cabeza.

–No es tan emocionante. Trabajo para el *Chingford Herald*, un periódico local que sobrevive sobre todo gracias a los anuncios. Yo trabajo en el departamento de publicidad, a veces con el ordenador y, otras, por teléfono, buscando clientes.

–¿Buscando, eh? –dijo Matt sonriendo–. ¿Por qué será que no me sorprende?

–Buscando anunciantes –lo corrigió ella–. Y se me da bastante bien.

–Te creo –le dijo Matt, bajando la vista a sus labios–. De verdad que te creo.

Rachel sabía que le estaba tomando el pelo, pero estaba demasiado tensa para seguirle la corriente.

–No, no lo entiendes –replicó enfadada–. Estás demasiado ocupado pensando en cuál será tu próxima burla. Deja que lo adivine: piensas que conseguí el trabajo porque le gusté a mi jefe.

–¡No! –protestó él–. Yo no he dicho eso. ¡Qué opinión tienes de los hombres? ¿Qué te ha pasado? ¿Te ha seducido algún cretino y luego te ha dejado?

Rachel dio un grito ahogado y se dispuso a levantarse de la silla, pero Matt la agarró por la muñeca. Tenía los dedos muy fríos, pero a ella le encantó la sensación.

–Tranquilízate –le pidió, y ella se alegró de que la terraza estuviese vacía–. ¿Qué quieres que piense, si reaccionas como una loca cuando alguien menciona tu aspecto? –sacudió la cabeza–. Da gusto mirarte, Rachel. Ya lo he dicho. Demándame si quieres, pero conozco a muchas mujeres guapas que tienen un trabajo por méritos propios.

Rachel se sintió como una tonta.

–Apuesto a que sí –murmuró, en un esfuerzo por defenderse.

–Siempre tienes que decir la última palabra, ¿no? Pero tal vez te sorprenda saber que el mundo no gira en torno a lo que tú pienses.

No fue fácil, pero Rachel consiguió zafarse de él.

–Nunca he dicho que lo hiciera –protestó–. Siento si he vuelto a ofenderlo, señor Brody –echó la silla hacia atrás–. Creo que será mejor para los dos que me marche.

–¡Rachel!

Acababa de ponerse de pie cuando Matt la interrumpió el paso. Rachel se dio la vuelta y corrió hacia la salida. Él la siguió y, cuando la agarró por la cintura para detenerla, Rachel sintió pánico.

Le golpeó el brazo con fuerza y él la apretó contra su cuerpo.

–¡Para ya! –exclamó, empezando a perder la paciencia–. ¿Qué crees que te voy a hacer?

–No lo sé –contestó ella, preguntándose cómo había podido perder así los nervios.

–Que sepas que conmigo estás a salvo –le dijo él muy serio–. No eres irresistible, aunque pienses lo contrario.

Ella intentó protestar.

–No creo que sea irresistible. Tú... me haces decir cosas que no quiero decir.

–¿Y por qué? –le preguntó él, inclinándose después para susurrarle al oído–: ¿No será porque esto es lo que *tú* quieres? ¿Y no tienes agallas para pedirlo?

–Por supuesto que no.

–¿Estás segura? –dijo él, acercándose todavía más.

–Estoy segura –respondió Rachel mientras sentía cómo su cuerpo respondía a su cercanía, estaba excitada y aterrada a la vez. Tenía que salir de allí.

–Por supuesto, sabes que estoy disfrutando con esto –continuó Matt.

–Lo... siento –le dijo ella, luchando contra las ganas de apoyar el peso de su cuerpo en el de él.

Hacía años que no permitía que la tocase ningún hombre, y tenía que recordar los motivos por los que estaba allí.

Miró por encima de su hombro y la boca se le secó al ver deseo en la mirada de Matt.

–Tengo que irme –le dijo, a pesar de no querer hacerlo.

Cuando los labios de Matt rozaron su cuello, notó que todo su cuerpo se encendía.

Pero cuando tuvo sus manos en la cintura, sintió una cierta ambivalencia. ¿Iba a acercarla más a él, o a separarla? Lo vio dudar y deseó que la besase.

Pero Matt no la besó. En su lugar, fueron sus dientes los que tocaron su piel. Le mordisqueó el cuello y Rachel notó humedad entre las piernas mientras la acariciaba con la lengua. Era como si la estuviese poseyendo, y no quería que parase.

Cuando Matt levantó la cabeza, ella se sintió casi mareada de deseo. Se le había olvidado dónde estaba, y que podía verlos cualquiera que pasase por la calle.

Pero no se movió. No estaba segura de que sus piernas fuesen a sujetarla si Matt la soltaba. Se apoyó contra su hombro, jadeando y notando cómo todo su cuerpo deseaba que continuase.

Fue Matt quien habló.

—Has dicho que te marchabas —murmuró con voz ronca.

—Sí —admitió ella después de unos segundos. Se obligó a apartarse de él, sabiendo que había cometido un terrible error.

Por suerte, sus piernas la sujetaron, pero todo su cuerpo se puso tenso al sentirse rechazado.

—Termínate el café —le dijo él, yendo hacia la barra que tenían detrás—. Juno se ofendería si no vaciases la taza.

Capítulo 6

MATT condujo hasta la casa de la plantación con Caleb aferrándose a su asiento cada vez que el Range Rover se acercaba al borde de los acantilados o de algún barranco.

Dio varios gritos ahogados y Matt se giró hacia él con impaciencia.

—¿Qué ocurre? —le preguntó—. ¿No confías en que lleguemos sanos y salvos a Jaracoba?

—Jamás se me ocurriría algo así, señor Matthew —le dijo Caleb con dignidad, añadiendo después—: Por favor, señor, mantenga la mirada fija en la carretera.

Matt resopló molesto, pero hizo lo que el otro hombre le había sugerido y redujo la velocidad. No quería que Caleb le hiciese ningún comentario a su padre al llegar a la casa.

Sin embargo, estaba enfadado consigo mismo por cómo se había comportado en Juno's. Aunque no le gustase, Rachel le había calado hondo. Lo cierto era que había deseado ir mucho más lejos, y que había tenido que hacer un gran esfuerzo para contenerse.

Se suponía que no debía tocar la mercancía, pensó con amargura. Era una clienta del hotel, y no tenía derecho a tocarla. Sobre todo, sabiendo quién era, pero el deseo que sentía por ella había sacado lo mejor de él, o casi. No recordaba haberse sentido tan atraído por ninguna otra mujer.

Lo que era una locura, dadas las circunstancias. Era evidente que Rachel había ido allí a buscar a su madre, y no le daría las gracias por ocultarle información.

No obstante, la situación lo molestaba. Todo sería mucho más sencillo si ella supiera quién era, pero a no ser que Sara cambiase de opinión acerca de ser sincera con su hija, Rachel no querría tener nada que ver con él. Probablemente, le horrorizaría que la hubiese tocado.

¡Maldita sea!

Atravesó las puertas de la plantación familiar y recorrió a toda velocidad una avenida de bananeros y cocoteros. Estaba tan acostumbrado a la fragancia de las orquídeas que crecían al lado del río como a ver la casa al final del camino.

Detuvo el coche de manera brusca al lado de los garajes, Caleb descendió con gracia y Matt hizo una mueca mientras le daba las llaves.

–Lo sé, lo sé –dijo–. Te alegras de haber llegado de una pieza.

Caleb sonrió.

–Nunca había llegado tan rápido de la ciudad –comentó–. Ni siquiera su padre conduce tan rápido por esas carreteras.

Matt se encogió de hombros.

–¿Qué puedo decir? Soy mejor conductor que él, pero no le digas que te lo he dicho.

Matt dejó al otro hombre riéndose y fue hacia la casa. Unos enormes robles daban sombra a la parte delantera del edificio y Matt subió las escaleras del porche cuyo tejado era soportado por una docena de pilares.

Las puertas dobles daban a un enorme recibidor cuyas paredes estaban pintadas en tono aguamarina. Las grandes ventanas que su padre había hecho instalar daban todavía más sensación de espacio.

A la derecha de la entrada había unas puertas dobles que daban a un espacioso salón. Después había otra puerta que daba a la biblioteca, que en esos momentos era también el despacho de su padre. A la izquierda, el enorme comedor comunicaba con sala de estar de altos techos, y la sala de música de su madrastra estaba en la parte de atrás de la casa.

A pesar de que casi era de noche, Matt fue hacia el estudio de su padre. Llamó a la puerta con suavidad y entró en la habitación que Jacob Brody había hecho suya. A pesar del ataque que le había dejado prácticamente paralizada una parte del cuerpo tres meses antes, poco a poco iba recuperando la movilidad de sus piernas.

Jacob estaba sentado en una *chaise-longue* cerca de la ventana abierta cuando Matt entró. Era evidente que había estado trabajando, porque el escritorio estaba cubierto de papeles, pero debía de haberse cansado y se estaba haciendo un merecido descanso.

–Llegas tarde –le dijo a su hijo–. ¿Has visto a Carlyle?

–Sí, lo he visto –contestó Matt sentándose–. Enviará el pedido cuando llegue el próximo barco. Así éste irá directo a Kingston y saldrá en el carguero desde allí.

–Bien, bien. He estado desatendiendo mis obligaciones.

–Querrás decir que lo he hecho yo –lo corrigió Matt–. Y la llegada de la chica es otra complicación.

–Entiendo que te parezca fascinante –comentó Jacob en voz baja.

–Ah. Veo que has hablado con Amalie. Nos encontramos con Rachel en el muelle cuando fui a comprobar el Bellefontaine –le dijo Matt, molesto porque su hermana hubiese interferido en sus asuntos.

–¿Rachel? –repitió su padre arqueando las cejas.

–Está bien, la señorita Claiborne –se corrigió Matt–. Aquello que llamamos rosa, con cualquier otro nombre...

–¿Piensas que es una rosa inglesa?

Matt supo que su padre le estaba tomando el pelo, pero después de lo de aquella mañana, no pudo responder igual.

–¿Dónde está Amalie? –preguntó en su lugar, cambiando de tema–. Me ha prometido que cenaría en casa. Quiere hablar conmigo. Acerca de su asignación mensual, imagino.

–Está por ahí, pero háblame de la chica. De la hija de Sara. ¿Es tan atractiva como su madre?

–No se parece en nada a Sara –respondió él, que no quería comparar a ambas mujeres. Hojeó los papeles que había en el escritorio–. ¿Cómo va tu libro?

Jacob llevaba escribiendo una historia de la isla desde que Matt tenía memoria, pero desde el ataque se había volcado en ella como medio para estimular su atención. Como Matt había asumido el mando de la plantación y de los barcos, Jacob tenía mucho tiempo para revisar sus notas.

–Hoy no he estado de humor –le contestó su padre, encogiéndose de hombros.

Matt tomó una fotografía de un carro tirado por caballos que iba a ser incluida entre las ilustraciones.

–Es una pena –comentó, dejando la fotografía y tomando otra–. Son muy buenas.

Jacob no dijo nada y, dándose cuenta de que no podía evitar el tema por completo, Matt le preguntó:

–No estarás preocupado por mi relación con Sara, ¿verdad?

–¿Debería estarlo? –le preguntó Jacob–. Te importa, ¿verdad? ¿Cómo voy a oponerme?

–No lo sé. ¿Y Diana? –su madrastra tenía derecho a opinar. También era su casa.

–Diana está demasiado ocupada con la organización del festival de música de este año. En cualquier caso, sabe que es tu vida. No podemos decirte a quién debes invitar a Mango Key.

Mango Key era la casa de Matt, que estaba situada al otro lado de la plantación, cerca del mar. En el pasado, había estado mucho tiempo allí, pero desde el ataque de su padre y con el aumento de sus responsabilidades, cada vez estaba más en Jaracoba.

Matt frunció el ceño. Había estado seguro de saber lo que estaba haciendo, pero todo había cambiado desde que había conocido a Rachel. ¿Por qué había ido a buscar a su madre?

No sabía si Sara le habría dicho a su familia que se marchaba a San Antonio. La había conocido con diecinueve años, cuando todavía era un niño, en primer año de universidad en Princeton, y su reacción inicial hacia ella había sido un tanto confusa.

Aun todavía no sabía si le gustaba. Si la quería. Tal vez. Aunque Sara siempre había sido frágil y, en esos momentos, era fría. Matt tenía la sensación de que pensaba que el mundo le debía una vida. Que le molestaba el modo en que había salido la suya.

Mientras que Rachel...

Pero no quería compararlas. No tenía derecho a pensar en Rachel, y no tenía intención de hablar acerca de ella con su madre.

No obstante, tendría que contarle a Sara que su hija estaba en la isla. Era lo menos que podía hacer por las dos. Llevaba días evitando hablar de Sara con la esperanza de que la situación se resolviese sola.

Pero no iba a ser así, y cuanto antes se enfrentase Rachel a su madre y se marchase de la isla, llevándose a Sara con ella, con un poco de suerte, mejor sería para todos los implicados. Dijese lo que dijese Sara, no podía quedarse allí.

Frunció el ceño todavía más. No quería que se quedase.

Rachel se negó a mirarse la marca del cuello al volver al hotel. Se había dado cuenta de que la escena había sido tan vergonzosa, que no quería que nada se la recordase.

Pero a la mañana siguiente, se miró en el espejo del cuarto de baño y la vio antes de recordar lo que había ocurrido. Una mancha negra en la pálida piel de su cuello, era inconfundible. Cualquiera que lo viese sabría exactamente lo que era.

Y ésa debía de haber sido la intención de Matt, pensó ella mientras se la tocaba.

Si le hubiese mordido en cualquier otro lugar, no

se habría notado tanto. Rachel recordó cómo lo había hecho y un escalofrío recorrió su espina dorsal.

Era un hombre peligroso. Aunque eso ya lo había sabido. Había conseguido apartar a su madre de su padre y, en esos momentos, estaban intentando seducirla a ella. Era un depredador, tal y como anunciaba su tatuaje, sin conciencia. Y tenía la gracia salvaje de un tigre.

Rachel suspiró y tomó su cepillo de dientes. No merecía la pena lamentarse. Tenía que concentrarse en los motivos de su viaje. Todavía no había encontrado a su madre.

El problema era que lo había echado todo a perder. Su propia falta de confianza en sí misma había arruinado su oportunidad.

Si no se hubiese sentido tan atraída por él, pero no estaba acostumbrada a tratar con hombres así. Con ningún hombre, en realidad.

Decidió dejarse el pelo suelto esa mañana, ya que no podía salir con un jersey de cuello vuelto, a pesar de tener uno en la maleta.

Se puso una camisa rosa y la minifalda que ya había llevado el primer día en la isla, a pesar de no sentirse segura así vestida, y unos zapatos de cuña. Abrió la puerta de la habitación y salió al pasillo. Todavía era temprano, no eran las ocho, pero su cuerpo estaba tardando en acostumbrarse a las cinco horas de diferencia con Londres más de lo esperado.

No vio a nadie. Al parecer, sus vecinos seguían durmiendo. Vio las puertas dobles de las que había salido Matt y se preguntó si su madre podría estar allí.

Merecía la mena intentarlo, al menos. Si las puertas estaban cerradas, no entraría, pero si no...

No estaban cerradas, pero Rachel se llevó una gran decepción al abrirlas. Aquello no era el nido de amor que ella se había imaginado, sino un despacho.

Por suerte, en esos momentos estaba vacío, cerró la puerta de nuevo y se alejó.

Una vez en el piso de abajo, la recepcionista la saludó:

—Buenos días, señorita Claiborne.

Y ella respondió con una sonrisa.

Desayunaría y luego iría a dar otra vuelta por la ciudad, por si se encontraba con su madre. Y si eso no funcionaba, le preguntaría a Matt directamente, aunque no tuviese ganas de hacerlo.

—¿Puede saberse qué estás haciendo aquí?

Rachel iba en dirección a la terraza del restaurante cuando aquella voz que tan familiar la hizo detenerse de golpe. Se giró y vio el rostro de la mujer que se estaba acercando a ella.

¡Su madre!

A la que casi no reconoció. Iba con unos pantalones color crema y una camisa larga y suelta, y un pañuelo naranja al cuello. Sara Claiborne estaba muy distinta a la mujer que la había criado. Se había teñido el pelo moreno, con algunas canas, de un tono cobrizo. Siempre había sido una mujer atractiva, pero Sara había resaltado sus facciones con sombras de ojos y rímel, y con un rojo brillante en los labios.

También parecía más joven, pero más dura. Debía de pensar que eso era lo que hacía falta para mantener a su lado a un hombre como Matt Brody.

Rachel sintió náuseas. Había querido encontrarla, pero no así. Y su madre tampoco parecía contenta.

–Mamá...

Se acercó a darle un abrazo, pero Sara la rechazó.

–Ven –le dijo–. ¿Qué está pasando aquí, Rachel? No, no te molestes en contestarme. Lo veo en tu cara. Te ha mandado tu padre. Debería haber imaginado que no sería capaz de no meter la nariz en esto.

–Estaba preocupado por ti, mamá –susurró ella.

–Así que te ha enviado a espiarme, ¿no? ¡Ese hombre es increíble!

Rachel la miró sorprendida y luego le preguntó:

–¿Te importa si continuamos esta conversación en un lugar más privado?

–¿Por qué? –inquirió su madre en tono agresivo–. Sólo estoy diciendo la verdad.

Rachel sacudió la cabeza. En vez de disculparse, su madre estaba atacando a su marido.

–Mira, mamá...

–No, mira tú –la interrumpió–. Quiero que vuelvas a Inglaterra, Rachel. No te quiero aquí. Sé que has estado rondando a los Brody... Y no sé cuál es tu juego, pero no vas a ganar.

Rachel se quedó boquiabierta.

–No he estado rondando a los Brody –protestó Rachel–. Sólo intentaba encontrarte, eso es todo.

–No es eso lo que me ha contado Matt.

Rachel sintió náuseas al oír aquello. Así que su madre había sabido desde el principio que estaba allí y no se había molestado en llamarla.

–Pues te equivocas. Y él también se equivoca –le dijo con las mejillas coloradas, furiosa, con ganas de llorar–. Y con respecto a papá... ¿Qué esperabas? Te escapas al Caribe con un hombre al que no conoce, sin decir cuándo vas a volver.

–No voy a volver.

Después de aquello, Sara miró a su alrededor como si estuviese buscando a alguien. Y Rachel se preguntó cómo habría llegado al hotel. ¿La habría llevado Matt? Deseó marcharse a su habitación, lo que era ridículo, teniendo en cuenta que había estado buscando a su madre y por fin la había encontrado. Ojalá no lo hubiese hecho. Aquella mujer no se parecía en nada a Sara Claiborne. Era egoísta, le daba igual su hija, su marido, los sentimientos de ambos.

Rachel la agarró del brazo.

–¿Qué quieres decir? –exclamó–. Tienes que volver. ¿No creerás que puedes quedarte aquí?

–¿Por qué no? Adoro esta isla –dudó un momento y luego afirmó–: Creo que sólo he sido feliz aquí.

Rachel retrocedió involuntariamente.

–No puedes estar hablando en serio.

–Claro que sí.

–¿Y papá? –«y yo», pensó Rachel, pero no lo dijo.

Su madre chasqueó la lengua.

–Ah, Ralph –dijo con desdén–. Debes de saber que hacía tiempo que teníamos problemas.

–¡No!

–Pues sí. Desde que tu padre decidió no jubilarse el año pasado. Acepté a vender la casa y a mudarme a ese diminuto piso porque él me convenció de que así tendríamos más dinero para gastarlo en viajes y vacaciones. Pero él sigue yendo a trabajar todas las mañanas, sigue haciendo lo que quiere, y yo ni siquiera tengo un jardín en el que distraerme.

–¿Y le has dicho todo esto a él?

–Cientos de veces, pero si no me escucha, ¿por qué voy a escucharlo yo a él?

Rachel intentó pensar. De repente, recordó algo que su madre le había dicho.

–¿Habías estado antes en San Antonio?

–Cuando era más joven –respondió con evasivas–. Ya te he dicho que me encanta. Aquí me siento más joven –la miró a los ojos–. ¿Acaso eso es malo?

Rachel no supo qué contestar. Entendía a su madre, pero no creía que tuviese ningún futuro con Matt Brody. Se llevó la mano al mordisco del cuello.

–En cualquier caso –continuó su madre, al ver que no respondía–. Me da igual lo que pienses. Te sugiero que te vuelvas a Londres lo antes posible. Tienes que dejar que haga las cosas sola.

–Pero mamá...

–Y deja de llamarme mamá. Aquí soy Sara. Así es como Matt me llama, y me gusta.

Rachel no pudo contestar. Y su madre se dio la media vuelta y se alejó.

–No me culpes por querer tener una vida, Rachel –le dijo por encima del hombro.

Pero ella ya se había girado también.

Capítulo 7

RACHEL se pasó el resto del día confundida. Y todavía no sabía dónde estaba alojada su madre.

Después de tomarse varios cafés en vez de desayunar, subió a su habitación y se puso el bañador y unos pantalones cortos. No podía volver a casa, a pesar de lo que le había dicho su madre. Todavía no. Antes tenía que cerciorarse de que su madre le había hablado en serio cuando le había dicho que iba a quedarse allí.

Volvió a bajar las escaleras, compró una revista y se instaló en una tumbona al lado de la piscina. Sabía que debía llamar a su padre, pero no sabía qué iba a decirle.

La situación le parecía una pesadilla. Y todo por culpa de Matt Brody.

Se untó varias veces de crema y pensó que se estaba pasando con el sol, pero le dio igual, prefería eso al tormento de sus pensamientos.

Todavía no se había bañado, así que, al final de la tarde, se quitó los pantalones cortos y se acercó al agua.

La piscina estaba casi desierta, ya que casi todos los clientes del hotel habían subido a sus habitaciones para vestirse para la cena. Sólo quedaban dos niños al otro lado. Rachel tenía la parte más profunda para ella sola.

Respiró hondo, estiró los brazos y se hundió en el agua. No estaba del todo fría, pero tampoco caliente. Al bucear, el agua del fondo le pareció fría, en contacto con sus brazos, que estaban ardiendo.

Salió a la superficie con la respiración entrecortada y nadó con rapidez de un lado a otro de la piscina. Se sintió mejor. El ejercicio físico le calentó las piernas, volvió a nadar de un lado a otro un par de veces más antes de agarrarse al bordillo.

Estaba sin aliento. No estaba acostumbrada a hacer tanto ejercicio y estaba agotada. Y también un poco mareada. Probablemente, porque no había comido nada en todo el día.

–¿Estás intentando suicidarte?

Rachel reconoció aquella voz masculina y levantó la vista. Unos pantalones de vestir, que no disimulaban del todo el bulto que tenía entre las piernas, una camisa también de vestir y una chaqueta, todo negro. La corbata era de color gris perla, el único toque de color de todo el conjunto. Y, a pesar de decirse a sí misma que lo odiaba, Rachel no pudo negar que era impresionante.

–¿Y?

Matt estaba esperando una respuesta.

–No creo que sea asunto suyo, señor Brody –respondió ella–. Estaba nadando, como habrá visto.

Él no dijo nada inmediatamente, pero Rachel sintió su frustración.

–¿Cuánto tiempo llevas aquí fuera? –le preguntó

él–. Supongo que sabes que se te han quemado los hombros y los brazos con el sol. Y supongo que no te has visto la cara.

–¿Por qué?

–Adivina –dijo él con impaciencia–. Pensé que tenías más sentido común, Rachel.

–¿Como mi madre, quieres decir?

Rachel no pudo resistirse, pero si había esperado que él se defendiera, se llevó una decepción.

–Deja que te ayude a salir –le propuso en su lugar, agachándose y ofreciéndole la mano.

–No quiero salir.

Su comportamiento era infantil, y lo sabía. Estaba agotada y casi temblando.

–¿Quieres que me meta y te saque?

Rachel contuvo la respiración.

–No creo que lo hicieras así vestido –le contestó con el ceño fruncido–. Vete, Matt. No necesito tu ayuda para salir de la piscina.

–Sal de ahí.

–Enseguida.

–Sal –insistió él, quitándose la chaqueta.

La dejó encima de la tumbona en la que había estado Rachel y luego volvió a acercarse al bordillo para quitarse los zapatos.

–No –gritó ella–. Está bien. Saldré. No hace falta que continúes con la farsa.

–No es una farsa –replicó Matt sin alejarse–. Dame la mano.

Rachel sintió que tenía que rebelarse.

–No necesito tu ayuda –insistió, pero cuando intentó subir, no tenía fuerzas en los brazos.

Se volvió a hundir y, como le pilló por sorpresa, la nariz y la boca se le llenaron de agua.

Por un momento, pensó que iba a ahogarse y sintió pánico. Entonces sus pies tocaron el fondo de la piscina y consiguió sacar fuerzas e impulsarse hacia arriba. Luego Matt la agarró de uno de los brazos y la subió hasta la superficie.

Se había arrodillado en el borde y la agarró del otro brazo y se puso de pie tirando de ella hacia arriba.

Rachel lo oyó jurar entre dientes mientras ella intentaba recobrar el aliento. Notó que tenía agua en su interior, pero no tenía fuerzas para sacarla. Como si se hubiese dado cuenta de lo que le ocurría, Matt le apretó el estómago y la puso de lado en cuanto empezó a regurgitar todo lo que había tragado.

Notó calor, se puso a temblar, se sentía completamente humillada. ¿Podría acabar peor aquel día?

Al parecer, sí.

Tenía la esperanza de que Matt se marchase y la dejase morir, pero él tomó su chaqueta y se la puso. Luego, para su consternación, la tomó en brazos.

–Tu... tu traje –protestó ella, consciente de que estaba empapada y de que era probable que oliese a vómito.

Pero a él no pareció importarle.

–Lo llevaré a limpiar –contestó con indiferencia–. Tienes que darte una ducha. Estás ardiendo y temblando al mismo tiempo.

Rachel supo que debía protestar y notó que la gente los miraba al llegar al vestíbulo, pero nadie intentó decir nada.

–Tráeme una llave, Toby –le pidió Matt al botones.

Rachel recordó que se había dejado el bolso con la llave al lado de la piscina.

Toby los acompañó hasta la habitación y les abrió la puerta. Matt le dio las gracias y el joven se marchó.

Luego, la dejó en el suelo y, señalando hacia el baño preguntó:

–¿Crees que te las podrás arreglar sola?

–Supongo que sí –respondió ella–. Esto... gracias. Y lo siento si te he estropeado el traje. Deja al menos que te pague la tintorería.

–Métete en la ducha –insistió él, quitándose la chaqueta–. Pediré que te suban algo de comer del servicio de habitaciones. Deberías tomar algo dulce.

Ella no protestó, no tenía energía, y entró en el cuarto de baño. Abrió la ducha y fue aumentando la temperatura del agua poco a poco. Matt tenía razón, estaba empezando a sentirse mejor.

Prefirió no pensar en lo que había podido haber pasado si él no hubiese estado en la piscina.

Cuando por fin salió del baño, envuelta en un albornoz blanco, estaba mucho mejor. Todavía afectada, pero al menos había dejado de temblar.

Se dio cuenta de que alguien había entrado en la habitación, ya que el bolso que se había dejado en la piscina estaba encima de la cama. También habían dejado un carrito con comida al lado de las ventanas.

Se acercó a él y vio que había pescado y pollo, arroz con plátano frito, cangrejo y ensalada. También había dulces: unos pasteles redondos, un trozo de tarta de pera y helado.

Y había una botella de vino tinto, aunque Rachel dudó que fuese a probarlo. Le apeteció mucho más el agua y se bebió casi una botella entera antes de empezar a comer.

Probó el pescado, que le resultó un poco salado, pero el pollo le sentó muy bien. Estaba delicioso. Lo mismo que los pastelitos. Se tomó uno de ellos acompañado de helado de mango y estaba pensando si debía comerse otro cuando llamaron a la puerta.

A regañadientes, se levantó y miró por la mirilla. Vio a Matt fuera y el corazón se le aceleró. Tenía que darle las gracias por la comida, aunque dudaba que hubiese ido a recoger el carrito.

Se apartó de la puerta y preguntó:

—¿Quién es?

—Ya sabes quién soy. Llevas dos minutos viéndome por la mirilla. Haz el favor de abrir, Rachel. Te he traído una crema para las quemaduras del sol.

—¡Ah!

Rachel no lo dudó más, abrió la puerta unos centímetros y vio a Matt, que se había puesto unos pantalones de chándal y una camiseta blanca. Llevaba el pelo mojado, así que debía de haberse dado una ducha.

—Gracias por la comida —le dijo, fijando la vista en el bote de crema que llevaba en la mano, en vez de en él—. ¿Es ésa la crema?

—Sí. ¿Puedo pasar?

—¿No ibas a salir a cenar? —sugirió ella—. Seguro que te he estropeado los planes.

—Más o menos. ¿Vas a invitarme a pasar o ya tienes compañía?

—No estoy vestida.

—Ya lo veo.

–Ah, bueno... –Rachel decidió que iba lo suficientemente tapada y se apartó de la puerta–. Supongo que puedes entrar.

¿Cómo no iba a dejarlo pasar, si le había salvado la vida?

Matt entró en la habitación, haciendo que ésta pareciese más pequeña. Miró a su alrededor, fijándose en el carrito de la comida, cerró la puerta y se apoyó en ella. La miró a los ojos.

–Me... ha... gustado el pollo –dijo ella enseguida, desesperada por hacer algo que normalizase la situación–. Y... y el helado. Estaba de rechupete.

–¿De rechupete? Nunca había oído csa expresión, supongo que quieres decir que te ha gustado.

–Sé que ya te he dado las gracias por haberme salvado la vida, pero quiero que sepas que te agradezco mucho lo que has hecho por mí.

–¿A pesar de haber sido tan quisquillosa conmigo? –sugirió él–. No todo el mérito es mío. Habrías conseguido salir sola. El humano tiene ese instinto de supervivencia.

–De todos modos...

–De todos modos, me agradeces que estuviera allí, aunque no haya podido evitar que te quemes la delicada piel.

Rachel se preguntó si de verdad pensaría que tenía la piel delicada. Se sentía incómoda, allí con él. Era un hombre demasiado atractivo. Y estaban demasiado cerca.

En un esfuerzo por distraerse, señaló el bote de crema.

–¿Es ésa la crema?

–Ya me lo has preguntado antes –le recordó Matt–. Y, sí, es la crema. Es una receta especial que utilizaba mi abuela cuando llegó a la isla. Ella también tenía la piel pálida y por entonces no había farmacias con tantos remedios disponibles.

–¿Qué es? –le preguntó ella.

–Lanolina, hamamélide de Virginia y manteca de cacao, entre otros ingredientes. El ama de llaves la prepara siempre que es necesario.

–Gracias –le dijo ella, deseando que le diese la crema y se marchase–. La utilizaré.

–¿Y cómo te la vas a extender por los hombros? –le preguntó él–. Aflójate el albornoz. Te ayudaré.

–No. Yo...

–Deja de comportarte como si fuese la primera vez que te desnudas delante de un hombre. Sólo me estoy ofreciendo a ponerte crema en los hombros. En el resto del cuerpo puedes hacerlo tú.

Rachel tragó saliva. Se preguntó qué le diría Matt si le confesaba que ningún hombre la había visto desnuda, pero su orgullo se lo impidió. Ya estaba bastante avergonzada.

–Está bien –murmuró por fin–. ¿Dónde quieres que me siente?

Capítulo 8

ATT se preguntó qué le contestaría si se lo decía, pero sólo había ido allí con un fin: darle la crema.

El hecho de que él estuviese cada vez más caliente no era problema de Rachel.

—Siéntate a un lado de la cama —le sugirió, viendo cómo se bajaba el albornoz.

No enseñaba más que si hubiese ido vestida con un traje de noche, pero, aun así, se excitó al verla. Parecía tan frágil y vulnerable.

Abrió el bote y dudó un momento antes de sentarse a su lado.

El calor de su piel y su olor a flores lo golpearon. Matt metió los dedos en la crema y la repartió por sus hombros. Ella se puso tensa.

Matt pasó de hacerle un masaje a acariciarla, a disfrutar explorando sus huesos y cada curva de sus hombros.

Notó que ella contenía la respiración y se dio cuenta de lo que había estado haciendo. No le gustaba, pero era tan suave, tan delicada. No podía evitarlo, quería más.

De repente, todo su cuerpo estaba cargado de tensión. Rachel permitió que el albornoz se le bajase un poco más y él clavó la vista en la marca que le había hecho en Juno's. Su cuerpo se endureció sin que lo desease.

Al ver la señal se dio cuenta de que había cometido un error yendo allí, pensando que sería capaz de ignorar la atracción que había entre ambos. Rachel también era consciente de ella. Por eso no había querido dejarlo entrar en su habitación.

Matt terminó su tarea con determinación y tapó el bote. Luego se frotó las manos y decidió que fuese ella quien terminase de darse la crema. No podía volver a tocarla.

Pero no se movió de donde estaba. Durante unos segundos, se quedó sentado allí, luego, sin saber por qué, se inclinó hacia ella y le sopló suavemente en la oreja.

Rachel giró la cabeza, sorprendida.

—¿Has...? —no terminó la pregunta, seguramente, porque vio la respuesta en su expresión—. Por favor... no —añadió en un susurro, pero Matt tenía la mirada clavada en su boca.

—No, ¿qué? —le preguntó, pasando un dedo por el cuello y bajando hasta el hombro—. ¿No te encuentras mejor así?

—Matt, por favor...

—Apártate el pelo, no queremos que se te engrase, ¿verdad?

Rachel todavía tenía el pelo húmedo de la ducha, Matt tomó un mechón y se lo metió entre los labios, era suave como la seda.

—Matt.

—¿Umm?

No la estaba escuchando. Con la mano que tenía libre, le bajó un poco más el albornoz y vio emerger un pezón rosado de debajo de él. Rachel dio un grito ahogado e intentó taparse, pero él no la dejó.

Soltó su pelo y le acarició los hombros, los lóbulos de las orejas, y notó que el corazón le latía a toda velocidad.

¿Dónde estaban su sentido común y su decencia? No había pretendido tocarla, pero no podía dejarla marchar. Todavía no. No, pudiendo acariciar sus pechos y sentir su respiración entrecortada. Ella no lo detuvo, salvo para decirle con voz temblorosa.

—No deberíamos hacer esto.

Matt lo sabía, sabía que se estaba aprovechando de su vulnerabilidad. Y no era buena idea.

Pero, aun así, la deseaba. Ya conocía su sabor y quería volver a disfrutar de él. Quería descubrir cómo sabía todo su cuerpo, sobre todo, la parte más íntima de él.

Notó que temblaba y la hizo girarse hacia él. Rachel tenía los ojos cerrados, pero no se resistió cuando le metió el dedo gordo entre los labios, ni cuando se acercó a besarla.

Él enredó los dedos en su pelo y profundizó el beso. Rachel abrió los ojos y lo miró con dulzura.

Luego llevó la mano al cuello de su camisa y la metió dentro, agarrándolo del pelo con inesperado entusiasmo.

—¿Seguro que quieres hacer esto? —le preguntó Matt.

—Te quiero a ti —admitió ella con voz ronca.

Y fue fácil tumbarla en la cama y desatarle el cinturón del albornoz. Hubo un momento en que se temió que fuese a detenerlo, pero no lo hizo.

Matt se tumbó a su lado y se inclinó para lamer uno de sus deliciosos pezones. Ella dio un grito ahogado y a él le llamó la atención que fuese tan sensible.

Era una mujer increíble. Tenía los pechos generosos, la cintura delgada, las caderas curvilíneas y las piernas largas y bonitas. Se las imaginó a su alrededor.

–Eres preciosa –le dijo, recorriendo su estómago a besos.

Se dio cuenta de que estaba nerviosa y quiso que se relajase.

Le chupó los pechos y ella gimió. No fue un gemido de dolor, sino de placer.

–¿Te gusta? –le preguntó, levantando la cabeza para mirarla.

–Sí... me gusta –respondió ella, aferrándose a sus hombros.

Él pensó que nunca había deseado tanto a una mujer. Su erección era casi dolorosa.

Apartó las manos de sus pechos y las bajó a las caderas. Le acarició un muslo, luego entre las piernas...

Y entonces llamaron a la puerta.

–¡Maldita sea!

Matt subo que tenían que responder. Si no lo hacían, el servicio de habitaciones tenía llaves.

Vio a Rachel cerrándose el albornoz. Parecía agradecida por la interrupción, mientras que él se sentía frustrado.

Se levantó, fue hacia la puerta, la abrió y vio a una de sus empleadas.

–He venido a cambiar las sábanas –anunció ésta.

–Gracias, pero la señorita Claiborne no va a necesitar sus servicios esta noche.

Dicho aquello, cerró la puerta, pero no se giró inmediatamente hacia Rachel. Sabía que la interrupción había roto el momento de intimidad entre ambos.

Cuando por fin se dio la vuelta, la vio al lado de las ventanas, con el albornoz bien puesto.

—¿Has oído eso? —le dijo.

—Ha llegado en el momento preciso —comentó ella—. ¿Vas a marcharte?

Matt sonrió con amargura.

—¿Tiene sentido que me quede?

—Tal vez no.

—Eso me parecía a mí también —admitió él, tomando el bote de crema, que estaba encima de la cama, y dejándolo en la mesita de noche—. No te olvides ponértela en los brazos y las piernas.

—Gracias.

—Ha sido un placer —le dijo, volviendo a girarse hacia la puerta—. Espero que descanses. Ha sido un día muy largo.

Rachel no durmió bien.

En cuanto Matt hubo salido de la habitación, se acercó a la puerta y la cerró con llave.

Y a pesar de estar física y emocionalmente agotada, no pudo descansar. Se pasó horas dando vueltas en la cama, preguntándose qué habría hecho si no los hubiesen interrumpido.

Sabía que se le habían olvidado por completo los motivos de aquel viaje. No había pensado en su madre, ni en su padre, ni en lo que iba a pasar con ellos.

Sobre todo, en lo que pensaría su madre si ella tenía algo con Matt. Era evidente que le importaba. Por eso le había dicho que se marchase de la isla.

Su única excusa era que los acontecimientos de aquel día habían hecho que estuviese confundida. Y se había sentido agradecida con Matt por haberle salvado la vida.

No entendía por qué no había podido controlar sus emociones como hacía siempre. Algo había cambiado. Algo que no se atrevía a examinar. Desde que había conocido a Matt, su sentido común la había abandonado.

Lo había deseado. De eso no le cabía la menor duda. Por primera vez en su vida, había estado dispuesta a entregarse. No le había importado perder el control, ni la virginidad. Había querido averiguar por fin qué era lo que había estado perdiéndose durante tantos años.

O no. Tal vez la experiencia no hubiese estado a la altura de sus expectativas.

Desde la adolescencia, había decidido que no era una persona sexual y sólo había tenido amigos.

Y con respecto al amor...

Qué arrogante había sido, pensó en esos momentos, sin poder dormir. Que hasta entonces no hubiese conocido a ningún hombre con el que hubiese querido acostarse, no quería decir que dicho hombre no existiese.

Un hombre como Matt...

A la mañana siguiente se levantó temprano. El pelo se le había quedado muy rizado porque no se lo había secado la noche anterior. Y tenía ojeras, algo normal después de la noche que había pasado. También tenía los labios un poco hinchados, gracias a la sensual boca de Matt.

Se llevó la mano a ellos y los dedos le temblaron, así que la apartó. Era virgen, pero, por suerte, Matt no lo sabía. Y si se lo encontraba, actuaría como si no hubiese pasado nada.

No obstante, imaginó que no se encontrarían, seguro que él no había pensado en lo que había pasado entre ambos después de marcharse de su habitación.

Después de peinarse, se miró los brazos y las piernas, todavía los tenía un poco colorados, pero la crema que Matt le había dado la había ayudado mucho.

Decidió salir al balcón para intentar recuperar el optimismo que había sentido nada más llegar a la isla. Y para intentar concentrarse en el motivo de su viaje.

Vio la piscina y volvió a recordar lo que había ocurrido la noche anterior. ¿Qué haría si veía a Matt? Era evidente que el personal del hotel sabía que habían estado juntos en su habitación. ¿Y si se enteraba su madre también?

Al pensar en su madre, llegaron a su mente nuevas preocupaciones. ¿Qué haría cuando se enterase de que no se había marchado de la isla? Y si iba al hotel a hablar con ella, ¿qué le diría?

Decidió vestirse con una sencilla camisola de algodón. Era azul con flores moradas, y el color disimulaba la rojez de su piel.

Estuvo unos minutos ordenando la habitación antes de bajar a desayunar. No quería ser la primera en llegar al restaurante, pero tenía que prepararse por si su madre iba a hablar con ella y para eso necesitaba antes tomarse un par de tazas de café.

Por suerte, cuando llegó al comedor ya había otras personas desayunando en el patio. Rachel se había tomado tres tazas de café y media magdalena cuando alguien le habló.

Era una voz de hombre, y ella pensó inmediatamente en Matt, pero no era él, sino un joven al que había visto en varias ocasiones, acompañado de una mujer, por el hotel.

–Hola –le dijo él, apoyando la mano en la silla que había enfrente de la de ella, como si esperase que lo invitase a sentarse.

Pero Rachel no lo invitó. Levantó la cara hacia él y se obligó a sonreír un poco.

–Hola –respondió, antes de volver a bajar la vista hacia su plato.

Él no se marchó.

–¿Estás disfrutando de las vacaciones? –le preguntó.

Rachel se sintió tentada a decirle que no estaba de vacaciones, pero no tenía ganas de dar explicaciones.

–Mucho –le dijo en su lugar, en tono cortante.

–Estás sola, ¿verdad? –continuó él–. Lucy y yo te vimos ayer en la piscina. Nos preguntábamos si te gustaría acompañarnos esta mañana. Vamos a salir en barco y a hacer un picnic en la playa.

–Bueno, es muy amable por vuestra parte...

–Si tienes otros planes, no pasa nada.

Rachel se preguntó si tenía otros planes. Era evidente que no. Salvo dar otra vuelta por la ciudad e intentar averiguar dónde estaba alojada su madre. Tal vez fuese divertido acompañarlos.

—No tengo nada planeado —admitió—. Gracias, creo que iré con vosotros. ¿A qué hora vais a salir?

—Sobre las nueve —le respondió el hombre, sonriendo—. Soy Mark Douglas, por cierto. Y aquélla es mi esposa, Lucy.

—Ah... Yo soy Rachel Claiborne —dijo Rachel, saludando a la otra mujer con la mano—. Os veré en el vestíbulo, ¿de acuerdo? Sólo tengo que ir por un par de cosas a mi habitación.

«Sobre todo, crema solar», pensó.

—Estupendo.

Mark parecía contento, y a pesar de que Rachel sabía que no tenía motivos para preocuparse, esperó no estar cometiendo un grave error. No se trataba sólo de que le diese más el sol, sino de ir en barco con personas a las que no conocía.

Capítulo 9

PARA EMPEZAR, Rachel disfrutó de la excursión.

Era agradable, estar con personas que no sabían nada de ella, que aceptaron la historia que les contó, de que había planeado hacer el viaje con una amiga, pero ésta se había puesto enferma en el último momento y no había podido ir.

Mark y Lucy formaban una pareja muy simpática. El que más hablaba era Mark, pero a Lucy no parecía importarle. Era una chica tranquila, con el pelo largo y moreno, guapa.

Cuando su marido se fue a hablar con el patrón del barco, le contó que estaban de luna de miel.

Echaron el ancla en una pequeña cala y casi toda la gente joven que iba a bordo se tiró al agua y nadó hasta la playa. Las personas mayores esperaron a que el barco se acercase a la orilla.

La comida no era demasiado buena, pero el paisaje era espectacular. De todos modos, Rachel no tenía hambre. A pesar de querer olvidarse de sus problemas, no podía dejar de pensar en su padre. ¿Qué iba a decirle la próxima vez que lo llamase?

Mientras se tomaba una brocheta de pollo con pimiento, se preguntó qué estaría haciendo Matt. Era probable que estuviese recuperando el tiempo perdido con su madre.

Hasta el momento, no había hablado con él del tema. A Rachel le costaba trabajo sacarlo. ¿Cómo iba a preguntarle cuáles eran sus intenciones con Sara, teniendo en cuenta las circunstancias?

Poco después de las tres, el barco volvió a puerto. Era más tarde de lo que Rachel había calculado y le picaba la piel del sol.

No obstante, lo había pasado bien. Y había estado seis horas alejada del hotel.

Fue de vuelta al hotel cuando cambió la opinión que Rachel se había formado de Mark Douglas. Lucy había insistido en que ella se sentase delante, al lado de su marido, y a ella le había parecido una tontería discutir al respecto.

Así que se había sentado al lado de Mark, a pesar de saber que el pareo que se había puesto encima del bañador se le pegaba el cuerpo como una segunda piel.

La primera parte del trayecto pasó sin ningún incidente y Rachel ya estaba pensando en la ducha que iba a darse al llegar al hotel cuando notó que Mark le ponía la mano en el muslo desnudo.

Se quedó horrorizada. ¿Cómo podía haber hecho aquello? Su mujer estaba sentada detrás, ajena a lo que estaba pasando delante.

Rachel tomó aire y le apartó la mano, lo miró enfadada.

–Lo siento –dijo él–. No estoy acostumbrado a conducir con cambios manuales –se disculpó, como si esperase que Rachel fuese a creer que había cometido un error.

Lucy se inclinó hacia delante para ver de qué estaban hablando.

–Le he dado a Rachel en la pierna con el cambio de marchas –le explicó Mark a su esposa, antes de que Rachel le contase la verdad–. Lo siento, Rachel. Tienes las piernas tan largas...

–No pasa nada –le dijo ella, apretando los labios y deseando salir del coche lo antes posible.

Una vez en el hotel, Lucy le dijo contenta.

–Espero que vuelvas a acompañarnos en alguna excursión, Rachel. A los dos nos encantaría.

Ella se obligó a sonreír. No podía culpar a Lucy por lo que había hecho su marido.

–Gracias –contestó con educación–. ¿Podrías darme mi bolso?

–Yo iré por él –intervino Mark, saliendo del coche–. Vete delante, Luce. Yo voy a tomarme una cerveza antes de subir a la habitación. Dúchate tú primero.

–Ah, vale –contestó Lucy–. Hasta mañana, Rachel –se despidió, antes de entrar en el hotel.

«No lo creo», pensó ella. El comportamiento de Mark le acababa de estropear el día.

–¿Por qué no nos tomamos una copa juntos? –le propuso éste–. Estoy seguro de que estás preparada para algo más fuerte que una cerveza.

–No, gracias –respondió ella.

–Venga –insistió Mark–. Sé que te gusto. Te he visto mirarme cuando Luce no se daba cuenta. Ya no tienes que fingir, se ha marchado. Puedes ser tú misma.

Rachel se quedó sin habla. Estaba indignada.

–Dame mi bolso –consiguió decir–. Quiero irme a mi habitación.

–¿Por qué no me la enseñas? –le propuso él–. No seas tímida, nena. Somos adultos. Podría hacértelo pasar muy bien.

Rachel lo miró con incredulidad.

–Debes de estar bromeando –le dijo enfadada–. Por favor, dame mi bolso. No quiero tener que ir a quejarme a recepción.

–No lo harías. A Luce le caes bien. ¿Cómo crees que se sentiría si le digo que has intentado ligar conmigo? Mi esposa no creería lo que dijeses tú, nena.

–¡Deja de llamarme ncna!

Fue lo único que se le ocurrió decir a Rachel. Aquello no debía estar teniendo lugar, pensó con impotencia. Ella no había hecho nada, absolutamente nada, para que pensase...

–¿Ocurre algo?

Rachel se giró y vio a Matt Brody acercándose a ellos, con gesto inexpresivo.

Sólo hacía unos días que lo conocía, pero tenía la sensación de que siempre había formado parte de su vida. Llevaba unos pantalones de lino oscuro y una camisa negra, parecía enérgico, intimidante. Y cuando la miró a los ojos hubo tanta química sexual en su mirada que a Rachel se le despertó algo en su interior.

Fue Mark el que contestó el primero:

–No, señor Brody, no ocurre nada –le dio su bolso a Rachel–. Rachel ha venido con Luce y conmigo de excursión, y sólo estábamos diciendo que tal vez lo repitiésemos otro día –la miró–. ¿Verdad?

Ella apretó los labios un momento y luego asintió:

–Verdad.

–Tal vez mañana, ¿eh? –insistió Mark–. Le diré a Luce que te llame por la mañana. ¿O prefieres cenar con nosotros hoy?

–No, gracias –consiguió decir ella, a pesar de que lo que quería era ponerse a gritar.

Matt los miraba como si sospechase que ninguno de los dos estaba diciendo la verdad.

–Perdonadme...

Rachel no aguantaba más, así que agachó la cabeza y entró corriendo en el hotel.

Una vez en su habitación, se apoyó contra la puerta y suspiró aliviada.

El teléfono sonó cuando iba a meterse en el cuarto de baño. Pensó que sería su padre. No le apetecía hablar con él, pero no podía dejar de contestar.

–¿Dígame?

–¿Rachel?

No era su padre. Las piernas le temblaron y tuvo que sentarse en la cama.

–Sí –dijo, sin saber por qué la llamaba Matt.

–¿Tienes algún plan para la cena?

–No, voy a pedir algo al servicio de habitaciones. Y a acostarme temprano.

–¿Estás cansada?

Matt parecía preocupado por ella, pero, aun así, no le gustó que la interrogase.

–No, no estoy cansada. Ni voy a verme a escondidas con Mark Douglas. Supongo que es eso lo que sospechas, pero ese hombre es un imbécil. Ojalá no tuviese que verlo nunca más.

–Sí –comentó Matt divertido–. Ésa era también mi

impresión. Espero que no te importe, pero le he dicho que sales conmigo. Le he hecho pensar que habíamos tenido una discusión, y que por eso no hemos estado hoy juntos.

–¡No!

–Sí. ¿No te parece bien?

–¡Claro que sí! No sabía cómo quitármelo de encima.

–Ya me lo había imaginado. Así que, si no tienes planes y no estás cansada, ¿por qué no cenas conmigo?

–No hace falta que hagas esto. Quiero decir, que seguro que Mark es un cobarde.

–Ya, pero quiero cenar contigo.

A Rachel se le aceleró el corazón, había pensado que Matt no querría volver a verla. Y eso, sin contar con la culpabilidad que sentía con respecto a su madre y a su padre. ¿Qué sentido tenía continuar con una relación que iba a terminar en lágrimas?

–¿A qué hora quieres cenar? –le preguntó. Quizá pudiese aprovechar para preguntarle por su madre.

–¿Qué te parece si te recojo a las seis y media?

–Está bien. Nos veremos en el vestíbulo.

–¿No quieres que suba a tu habitación? ¿No confías en mí? –preguntó Matt entre risas.

En realidad, no confiaba en sí misma, pero no se lo iba a decir.

–Hasta luego –le contestó. Y colgó el teléfono.

Como todavía tenía dos horas libres, Rachel se dio una ducha, se lavó el pelo e intentó darle forma con el secador del hotel, pero como no lo consiguió, terminó recogiéndoselo en un moño alto.

Decidir qué ponerse sería más sencillo, porque no había llevado mucha ropa. Escogió un vestido de seda negro que le llegaba por el muslo, encima del cual se puso un cinturón ancho, y se calzó unos zapatos de tacón.

Sólo se maquilló un poco los ojos y los labios, se puso unas pulseras de oro y el collar y los pendientes de amatistas que sus padres le habían regalado en su dieciocho cumpleaños.

Cuando bajó al vestíbulo del hotel a las seis y media en punto, Matt la estaba esperando. Iba vestido con unos pantalones caqui y una camisa color crema.

Estaba tan atractivo como siempre, y se movió con la gracia de un gato cuando la vio bajar las escaleras.

Rachel no había conocido nunca a un hombre tan inquietante, ni que la atrajese tanto.

–Una mujer puntual –comentó él–. Qué cosa tan poco frecuente.

–Siempre soy puntual –respondió ella, negándose a confesar que llevaba quince minutos preparada–. ¿Vamos a cenar en el hotel?

–¿Como anoche, quieres decir? –bromeó él.

Ella se excitó al recordar lo que había pasado la noche anterior, y para sacar la imagen de su mente, le dijo:

–Quería darte otra vez las gracias por lo que le has dicho a Mark Douglas. Tenía miedo de volver a verlo.

–Sí, lo sé –le dijo él, guiándola hacia la salida–. Si vuelve a molestarte, dímelo.

Rachel sacudió la cabeza, pero no le dijo que no sabría dónde encontrarlo, si no era en el hotel.

Y luego estaba su madre...

Tenía que encontrar el modo de preguntarle por ella. Rachel tenía la cabeza hecha un lío y se sintió casi aliviada al ver el todoterreno de Matt. Era evidente que iban a cenar lejos de allí.

Casi había anochecido por completo y la temperatura era agradable, la suave brisa le acariciaba la piel enrojecida.

Matt la ayudó a subir al todoterreno y luego dio la vuelta para ponerse al frente del volante. Su brazo la rozó al sentarse y a Rachel se le secó la boca. No podía evitarlo. Clavó la mirada en su muslo, que estaba sólo a unos centímetros de ella, y en el bulto que había entre sus piernas.

Deseó tocarlo. Nunca había estado tan excitada, deseaba entregarse a él.

Respiró hondo y Matt la miró con curiosidad.

–¿Estás bien? –le preguntó.

Rachel se preguntó qué diría si le contaba lo que estaba pensando.

–Bien –consiguió responder–. ¿Adónde vamos? ¿Está lejos?

–No demasiado.

Salieron de la ciudad y tomaron una carretera que a ella le pareció demasiado oscura. Estaba acostumbrada a conducir por Inglaterra, donde hasta en las carreteras más oscuras había casas o pubs, pequeños pueblos. Allí sólo podía ver altos setos, o la mirada atenta de algún pequeño roedor que se acercaba atraído por los faros del todoterreno.

Cuando sus ojos se adaptaron a la oscuridad, vio un precipicio a un lado de la carretera. Y, como estaba nerviosa, preguntó:

–¿No podíamos haber ido otra vez a Juno's? Me gustó mucho.

–¿Te gustó? –dijo él con incredulidad–. Sí, podíamos haber vuelto allí, pero pensé que te gustaría conocer Jaracoba.

–¿Jaracoba?

–La casa de mi padre –le explicó él, mirándola–. De hecho, te ha invitado a cenar.

Capítulo 10

AH.

Rachel no pudo ocultar su decepción. Había pensado que Matt la había invitado a cenar con él, pero, al parecer, se había equivocado.

Aunque, ¿acaso no era eso lo que quería? ¿Una oportunidad, tal vez, para hablar con él de los motivos por los que su madre estaba allí?

–No te confundas –continuó Matt–. Se lo he pedido yo. Aunque tengo que decir que mi padre también quería conocerte.

–¿Por qué?

La oscuridad le dio a Rachel la valentía de ser directa.

–¿Qué quieres que te diga? Porque eres la hija de Sara, supongo. Hace muchos años que conoce a tu madre.

–¿Tu padre conoce a mi madre...? ¿No se llamará tu padre Matthew Brody, también? –sugirió ella, con la esperanza de que aquélla fuese la explicación a la huida de su madre.

–No, se llama Jacob –respondió Matt. Acababan de pasar delante de unas altas verjas–. Bienvenida a Jaracoba. Mi bisabuelo fundó esta plantación hace más de cien años.

Pero Rachel estaba demasiado tensa para oír lo que le estaba contando. Su mente estaba centrada en lo que iba a ocurrir, y se temía que su madre fuese a estar allí. No quería verla con Matt, fuese cual fuese su relación. Quería hablar con él, pero no así.

Se preguntó por qué la habría llevado Matt allí, si debía de saber que no iba a ser bienvenida.

Al llegar a la casa, se distrajo un poco. Le recordó a las fotografías que había visto de las plantaciones del sur de los Estados Unidos. Estaba pintada de blanco y tenía contraventanas marrones oscuras y un porche alrededor. Era impresionante.

Rachel se llevó las manos a la boca al verla. Había imaginado que la casa de Matt sería bonita, pero no había esperado que lo fuese tanto.

—¿Te gusta? —le preguntó Matt, apagando el motor, pero sin bajar del coche—. No te preocupes, papá no es un hombre que dé miedo.

Rachel tragó saliva.

—Tenías que haberme dicho adónde íbamos a ir.

—¿Por qué? ¿Te habrías negado a venir?

Rachel no lo sabía.

Se humedeció los labios con la lengua, sin saberlo, de manera provocativa.

—¿Va... va estar mi madre?

—No —contestó Matt con toda rotundidad.

Entonces levantó la mano y le acarició los labios con el pulgar. Y Rachel no pudo contenerse, se lo mordisqueó.

—Guau —le dijo él—. Prométeme que volverás a hacerlo luego, cuando estemos a solas.

—¿Vamos a estar a solas más tarde?

–Depende –respondió él, y le dio un beso en la boca.

–Buenas noches.

La profunda voz hizo que Rachel se sobresaltase. Había estado con la mirada clavada en Matt y no había visto al hombre de rasgos antillanos que se había acercado a su puerta.

–Siento molestarlo, señor Matt –continuó el hombre con cierta ironía–, pero el señor Jacob los ha oído llegar y está impacientándose.

–De acuerdo.

Matt abrió su puerta y salió del todoterreno. Mientras tanto, el otro hombre le abrió la puerta a Rachel.

–Bienvenida a Jaracoba, señorita Claiborne –la saludó.

Rachel le sonrió.

–Gracias. Me alegro de estar aquí.

–¿Seguro? –le dijo Matt, agarrándola del brazo–. Éste es Caleb, por cierto. Ya estaba aquí en la época de mi abuelo. ¿Verdad, Caleb?

–Por supuesto. Su padre y la señora Diana están en el salón. Maggie servirá la cena dentro de unos quince minutos. ¿Le parece bien?

–Lo que digáis –respondió Matt–. Supongo que nos dará tiempo a tomarnos una copa.

A pesar de ser consciente de la presión de los dedos de Matt en su brazo, Rachel no pudo evitar admirar la belleza de la casa. Había sillones y bancos de bambú oscuro en el porche, con tapicería a rayas azules marino y blancas, y muchas plantas.

Pensó que sería un lugar ideal para sentarse en los días de calor, pero antes de que le diese tiempo a fijarse en todo, Matt la hizo atravesar la entrada y entrar en un elegante comedor.

En él había una mesa en la que debían de caber unos doce comensales. En ella relucían la cubertería y la cristalería. Los platos color hueso cubrían el mantel en tono marfil y los hibiscos rojo escarlata eran el complemento perfecto.

Cuando Matt abrió la puerta del salón adjunto, ella se sentía aturdida e inquieta. La persona que viviese en una casa así tenía que ser alguien intimidante.

En el salón había tres personas. Una de ellas era la hermana de Matt, Amalie, y las otras dos, dos personas de más edad que debían de ser sus padres.

A pesar de costarle un gran esfuerzo, Jacob Brody se puso de pie apoyándose en su bastón, y se habría caído hacia ellos si Matt no lo hubiese sujetado.

–Eh, no te levantes. Seguro que Rachel te lo perdonará, ¿verdad?

–Por supuesto –respondió ella enseguida. Vio que la otra mujer también se ponía en pie y se acercó a ella.

–Debes perdonar a Jacob, Rachel –le dijo ésta–. Por cierto, soy Diana. Y ésta, aunque seguro que ya la conoces, es Amalie.

–Sí –dijo Rachel, dándole la mano a Diana–. Nos vimos el otro día en la ciudad.

–Eso me han dicho –comentó la otra mujer en tono seco–. Voy a ponerte una copa.

Rachel se preguntó qué les habría contado Amalie de su encuentro.

–Yo lo haré –dijo Matt, tendiéndole la mano a Rachel para que lo acompañase–. Ven a conocer a mi viejo, Rachel. Está deseando presentarse.

–No soy tan viejo –protestó Jacob Brody, dándole la mano con inesperada firmeza–. No le hagas caso a mi hijo, Rachel. Admito que tenía ganas de conocerte. ¿Estás disfrutando de tu estancia en San Antonio?

–Mucho –contestó ella, sentándose al lado de Jacob, que le había ofrecido una silla–. Es una isla muy bonita.

–Sí que lo es –admitió Jacob con evidente satisfacción–. Nuestra familia lleva viviendo aquí casi doscientos años. Aunque no siempre con tantas comodidades, por supuesto –sonrió y miró a su hijo–. ¿No ibas a prepararle una copa a Rachel?

–Sí, claro. ¿Qué te apetece, Rachel? ¿Una copa de vino? ¿O prefieres un cóctel, como Diana y Amalie?

¿Diana? ¿Llamaba Diana a su madre? ¿O no era su madre?

Rachel lo miró con el ceño fruncido y le dio la sensación de que Matt comprendía su confusión.

–Vino blanco, gracias –contestó.

–¡Venga, ve por él, Matt! –exclamó su padre con impaciencia.

–Eso pretendo –le dijo él, sin apartar los ojos de los de Rachel y viendo cómo se ruborizaba ella–. Perdóname un momento.

Muy a su pesar, Rachel no pudo evitar seguirlo con la mirada hasta el carrito de las bebidas, que estaba al otro lado del salón. Le sirvió una gran copa de vino a ella y sacó un botellín de cerveza de la nevera para él.

–¿Has visto toda la isla? –le preguntó Jacob, haciendo que lo mirase a él.

–Un poco. Esta mañana he estado en una de esas excursiones en barco, y ha sido... ha sido...

–¿Interesante? –sugirió Matt, que volvía a estar a su lado. Le dio la copa de vino–. Por desgracia, no ha terminado como ella había planeado. Ha tenido que luchar contra... el sol. ¿Verdad?

–Verdad –contestó ella, con el rostro como un tomate–. Aunque ayer su hijo fue muy amable y me mandó un poco de crema de la que solía utilizar su abuela.

Matt sonrió al ver cómo intentaba cambiar de conversación.

–Y le ha ido muy bien. ¿No crees, Diana?

Diana, que había ido a sentarse al lado de su hija en el sofá, asintió pensativa.

–Charley sabía muchos remedios a base de hierbas. Me refiero a la abuela Charlotte –le explicó a Rachel–. Yo he utilizado esa crema en muchas ocasiones.

Rachel sonrió e intentó comportarse como si el muslo de Matt no estuviese apoyado en su hombro. Tenía la cerveza agarrada con una mano, pero la otra estaba muy cerca de su nuca, y de vez en cuando se la rozaba con un dedo y ella se estremecía. Su cerebro le advirtió que no jugase a aquel juego, pero sintió la tentación de levantar la mano y agarrar la de él.

Consiguió resistirse y, por suerte, Jacob empezó a hablar de negocios con su hijo. Amalie protestó, no se suponía que debían hablar de eso teniendo una invitada en casa.

Diana le preguntó a Rachel acerca de su trabajo en Inglaterra. Se mostró muy interesada cuando ésta le contó que trabajaba para un pequeño periódico local en Chingford.

–Jacob también escribe –le contó, intentando llamar la atención del padre de Matt–. Escribe –insistió–. Está documentándose para escribir la historia de la isla y del papel de los Brody en ella –rió–. Ya le he advertido que seguro que averigua que sus antepasados eran piratas o comerciantes de esclavos. Nadie de esta isla puede estar seguro de que su familia no participó en nada de eso.

Rachel sonrió. Le había caído bien Diana. La mujer estaba intentando hacer que se sintiese como en casa. Mientras tanto, Amalie se limitaba a beberse su cóctel.

–A mí me parece muy emocionante –comentó Rachel–. Mi trabajo sólo implica ponerse en contacto con anunciantes locales y preguntarles si quieren anunciarse en el periódico. Siempre he envidiado a las personas que tienen talento para escribir.

–Pues yo preferiría poder volver a moverme solo, como antes –admitió Jacob.

–Oh, Jacob... –dijo Diana en tono comprensivo.

En ese momento, en que su padre estaba distraído, Matt se inclinó y le dio un beso en la oreja a Rachel.

Ella dio un grito ahogado, consciente de que Amalie los había visto, y sin saber qué estaba planeando Matt.

–Papá tuvo un ataque hace unos tres meses –le contó–. Se está recuperando bien, pero los médicos les han advertido que no podrá hacer tantas cosas como antes.

–¡Ah!

Rachel se llevó la mano a los labios, y su respiración entrecortada la delató. Matt se incorporó, mirándola como si supiese exactamente en qué estaba pensando.

Rachel intentó concentrarse en otros asuntos y reconoció que, a pesar de su evidente debilidad, el padre de Matt no era un hombre viejo. Era alto, como su hijo, y debía de darle rabia estar recluido en la casa, por bellos que fuesen los alrededores.

—Se pondrá bien —añadió Matt, mientras Diana se giraba a hablar con su hija.

—Amalie, ¿por qué no le preguntas a Rachel si quiere otra copa de vino?

—No, gracias —contestó ésta—. Me temo que no suelo beber.

—Todo con moderación —murmuró Matt en tono sedoso, y Amalie la miró con el ceño fruncido.

—Deberías relajarte un poco Rachel —le dijo—. Y no te dejes engañar por mi hermano. No es tan inocente como parece.

—¡Amalie!

Fue su padre quien la reprendió y la joven se ruborizó un poco.

—Bueno —dijo, poniéndose a la defensiva—. Todos sabemos por qué la ha invitado.

—La he invitado yo —replicó Jacob en tono frío—. Y si no eres capaz de hablar con educación, jovencita, será mejor que te pases el resto de la noche en tu habitación.

Por suerte para Rachel, en ese momento llamaron a la puerta. Era Caleb.

—La cena estará lista cuando usted lo esté, señor Jacob —le dijo.

Y el padre de Matt se puso en pie con determinación.

—Justo a tiempo —contestó éste, fulminando a su

hija con la mirada. Luego, le tendió la mano a Rachel–. ¿Puedes darme tu brazo, querida?

–Por supuesto.

Rachel miró a Matt con nerviosismo y luego acompañó a su padre hasta el comedor. Entonces vio algo en lo que no se había fijado antes, que sólo había un lado de la mesa preparado para la cena.

Con la ayuda de Matt, Jacob se sentó en la cabecera, con Diana y Rachel a un lado y Matt y Amalie a otro. Rachel charló sobre todo con Diana, ya que la mesa era demasiado ancha para tener una conversación privada con Matt.

La cena estaba deliciosa, pero Rachel comió poco y ni siquiera probó el postre. Sólo le apetecía un café para terminar la comida.

Se fijó en que Matt tampoco parecía tener apetito. Hablaba mucho con su padre, probablemente, de negocios.

–Es la única oportunidad que tiene Jacob para saber qué ocurre en su ausencia –le comentó Diana en voz baja–. Sabe que Matt es capaz de dirigir la empresa, pero me temo que mi marido es adicto al trabajo.

Así que Diana era la esposa de Jacob.

–¿Hace mucho que están casados?

–Sí, mucho. En julio haremos treinta y cinco años. Casi no puedo creerlo –hizo una mueca–. Supongo que ése es el motivo por el que Jacob solía pasar tanto tiempo fuera de casa.

Rachel sonrió.

–Mi padre también es así –dijo ella, sintiéndose culpable por no haberlo llamado para contarle lo que había descubierto–. Le gusta mucho su trabajo.

–¿A qué se dedica?

–Ah, es contable –respondió Rachel, consciente de que Matt también la estaba escuchando–. Iba a jubilarse el año pasado, pero cambió de idea –hizo una pausa y miró a Matt–. Creo que ahora se arrepiente.

–¿De verdad? ¿Por qué?

Diana le había hecho la pregunta porque le interesaba la cuestión, pero ella deseó no haber sacado aquel tema de conversación.

–Ah, por cosas –comentó, aceptando una segunda taza de café–. Gracias. Está delicioso.

–Lo hacemos nosotros –le informó Jacob, cambiando de tema de conversación–. Lo cultivamos aquí, en Jaracoba. No mucho, ya sabes, pero lo suficiente para nuestras propias necesidades y para las del resto de los isleños.

–Pues es muy bueno –dijo Rachel con admiración–. Me avergüenza confesar que yo suelo utilizar el café instantáneo en casa.

–¿Vives con tus padres? –le preguntó Diana.

–No, tengo un pequeño apartamento en el que vivo sola.

–¿Sola? –le preguntó Matt–. ¿No tienes pareja?

–No –respondió ella con firmeza, consciente de que se estaba ruborizando de nuevo. ¿Cómo pensaba Matt que le habría dejado acercarse a ella si hubiese tenido pareja?

Aunque tal vez no fuese tan selectivo...

El sonido de un coche en el camino que llevaba a la casa irrumpió en el silencio de la noche. El vehículo derrapó y los frenos chirriaron al detenerlo.

–¿Qué demonios...? –empezó Jacob enfadado, intentando ponerse de pie.

–Tienen visita –estaba anunciando Caleb cuando la puerta se abrió de golpe y apareció en ella Sara Claiborne, que parecía muy enfadada.

Rachel quiso morirse. Estaba segura de que su madre los había seguido. Debía de haber ido a preguntar por ella al hotel, ¿le habrían dicho que Matt la había llevado a su casa?

En cualquier caso, no era posible que hubiese ido vestida al hotel así, con una malla de cuerpo entero color rojo escarlata, que marcaba sus generosas curvas y unos zapatos de tacón de aguja.

Parecía una caricatura de la mujer a la que Rachel había conocido.

–¿Qué quieres, Sara? –le preguntó Matt, echando su silla hacia atrás y mirándola con cautela.

Y Rachel se dio cuenta de que se había equivocado, su madre no había ido allí buscándola a ella, sino a Matt.

Entonces, su madre la miró.

–¿Qué está haciendo ella aquí? –preguntó, como si tuviese derecho a hacerlo.

Pero Jacob ya no podía más.

–La he invitado yo –contestó–. Ésta es mi casa e invito a quien quiero. Te sugiero que dejes de avergonzaros a Matt y a ti, Sara, y que vuelvas a Mango Key.

Capítulo 11

MATT llevó a Rachel de vuelta al hotel unos treinta minutos después.

Estuvo callado durante el trayecto y Rachel lo entendió. Debía de ser muy violento, tener a las dos mujeres con las que estaba juntas en la misma habitación. Desde luego, para ella lo había sido. Y eso que no había hecho nada malo.

Todavía.

Se negaba a pensar en que había estado a punto de hacer el amor con Matt la noche anterior. Tenía que fingir que no había ocurrido nada. Y ésa era la verdad, no había ocurrido nada.

Sacudió la cabeza como para sacar aquellos pensamientos de su mente, pero no era fácil. Estaba recordando que, a pesar de las palabras de Jacob, Sara no había accedido a marcharse sin antes hablar en privado con Matt. Éste la había acompañado hasta su coche y allí habían hablado. La llegada de Sara los había perturbado a todos, salvo a Amalie.

El viaje de regreso terminó demasiado pronto. A pesar de todo, a Rachel le dio rabia que la noche terminase así, tal vez le estuviese bien empleado, por haber pensado sólo en sí misma.

Por fin, Matt llegó al patio del hotel. Y en vez de

dejar que ella se bajase en la entrada, paró el coche y se bajó. Rodeó el vehículo y le abrió la puerta para ayudarla a salir. Luego, le dijo:

–Tenemos que hablar.

–No... lo creo –respondió ella, girándose hacia la puerta del hotel, pero Matt la agarró del brazo.

–Ven. Subiremos a mi suite.

–¿A tu suite?

–Sí, tengo una suite en el hotel. A veces no me viene bien volver a dormir a casa.

–No obstante...

–No obstante, nada. Ven. Te invitaré a una copa antes de subir.

–No quiero una copa –balbuceó Rachel, aunque tal vez la necesitase.

–En ese caso, haré que nos suban una botella de vino a mis habitaciones.

–No lo entiendes...

–No, eres tú la que no lo entiendes –la interrumpió Matt mientras atravesaban el vestíbulo–. Espera aquí. Hablaré con el barman.

Rachel estaba casi en lo alto de las escaleras cuando él llegó a su lado, subiéndolas de dos en dos.

–Por aquí –le dijo, llevándola hacia las puertas que Rachel sabía que eran de un despacho.

Tal y como ella había imaginado, el despacho estaba vacío, pero Matt la condujo hasta una puerta que había al fondo, y que, a su vez, daba a un estrecho pasillo. Unos metros más allá había otra puerta. Matt le hizo un gesto para que entrase delante de él.

Encendió las luces y Rachel vio un pequeño salón. Pequeño, en comparación con el de Jaracoba, pensó.

En él había dos sofás de cuero negro, que hacían que resaltasen los cojines rojos y dorados. Había un sistema de sonido y una gran televisión. Las cortinas, a juego con los cojines, estaban abiertas.

A Rachel le sorprendió que la habitación le pareciese tan bonita. Vio varias puertas, que debían de dar al cuarto de baño y al dormitorio. Y tal vez a una pequeña cocina, aunque dudaba que Matt se molestase en cocinar allí.

Éste cerró la puerta después de entrar y se apoyó en ella.

–Siéntate –le pidió–. El vino no tardará en llegar.

–No me importa quedarme de pie –respondió ella, acercándose a las ventanas, desde las que se veían los jardines del hotel.

Matt se encogió de hombros y unos segundos después llamaban a la puerta. La abrió y tomó la bandeja que llevaba el camarero con pocos miramientos, después, le cerró la puerta en las narices.

Al dejar la bandeja en la mesa, Rachel se dio cuenta de que había pedido champán. Había una botella de Krug y dos copas, y aunque ella entendía poco de esas cosas, estaba segura de que Matt sólo se conformaba con lo mejor.

Se dio la vuelta y la miró. Y ella se sintió incómoda. Parecía enfadado, despiadado.

–Ven y siéntate –le ordenó–. No tengo intención de hablar contigo ahí de pie.

–¿Tenemos algo de lo que hablar?

Matt hizo una mueca. Parecía furioso.

Lo oyó exhalar y, por un momento, se preguntó si iba a obligarla a obedecer, pero lo vio servirse una copa de champán y bebérsela de un trago. Luego se sirvió otra y la miró:

–Puedo estar aquí toda la noche, si es necesario.

Rachel suspiró. Era cierto. Era una tontería, estar allí de pie, retándolo.

–Está bien –le dijo, acercándose a los sofás–. ¿De qué quieres hablarme?

–Siéntate –insistió él, señalando el sofá que estaba enfrente del de él–. ¿O es que quieres que piense que te doy miedo? No debería dártelo, ¿sabes?

Rachel se quedó donde estaba.

–¿Por qué no me dices de una vez por qué me has traído aquí? –le preguntó–. Supongo que estás enfadado por lo que ha ocurrido. Pero no creas que puedes desahogar tu frustración conmigo.

–¿Mi frustración? ¿Mi frustración? ¡No tienes ni idea de cuál es mi frustración! Si lo supieras, no estarías ahí de pie, atormentándome con tus estúpidas quejas.

–¿No crees que tenga derecho a quejarme? –exclamó Rachel–. ¿Cómo crees que me he sentido cuando he visto llegar a mi madre esta noche?

–¿Y cómo crees que me he sentido yo? A mi padre no le viene bien tanta tensión, dado su estado actual.

Rachel sacudió la cabeza.

–Yo no le dije a mi madre que fuera.

–¿Crees que lo hice yo?

–No lo sé –murmuró Rachel–. ¿Estás teniendo una aventura con ella?

–Claro que no.

–Pero ha ido a tu casa buscándote a ti.

Matt suspiró.

–Eso no significa que esté teniendo una aventura con ella, Rachel. Ésa no es nuestra relación.

Rachel quiso preguntarle cuál era entonces, pero sintió que no podía más.

–Da igual. Estoy cansada. Quiero irme a la cama.

Matt la miró fijamente a los ojos.

–Yo también quiero irme a la cama –le dijo, acercándose a ella.

Rachel pensó que debía retroceder, pero Matt le había puesto la mano en la nuca.

–Quiero irme a la cama contigo –continuó, inclinándose a darle un beso en la comisura de los labios–. Quiero hacer el amor contigo, dormir, y volver a hacer el amor.

Rachel contuvo la respiración. Aquello era mucho más de lo que había esperado. Lo tenía tan cerca que podía sentir su calor envolviéndola. También notó calor y humedad entre las piernas.

–Matt...

Intentó protestar, pero lo cierto era que no quería detenerlo. Nunca había deseado tanto a nadie.

Él se acercó todavía más, le quitó el bolso que se había puesto en el regazo y lo dejó a un lado. Luego le puso un brazo alrededor de la cintura y la apretó contra él.

–Cariño –le dijo con la voz cargada de emoción–. ¿Tienes idea de cuánto te deseo?

Entonces la besó apasionadamente. Le metió la lengua entre los dientes y exploró su boca con ella. Luego gimió cuando Rachel le permitió que le chupase la lengua.

Consciente de su erección, llevó las manos a la cin-

turilla de su pantalón. Él la agarró por la barbilla y le
hizo ladear la cabeza para profundizar el beso.

Con la otra mano, le deshizo el moño.

–Qué bonito –comentó, dejando que los mechones
de pelo se deslizasen entre sus dedos.

A ella le ardió la sangre en las venas como si fuera
lava. La creciente presión de su erección contra el estómago hizo que se debilitase. Él le apartó un mechón
de pelo de la mejilla y la miró con descarado deseo.

–Te he deseado desde que estuvimos en cala
Mango –le confesó con voz ronca–. Dime que tú no
me deseas y te dejaré marchar.

–No... no puedo –contestó ella.

Cada vez le costaba más respirar y Matt le hizo
echar la cabeza hacia atrás y recorrió su cuello a besos.

–Eso me parecía –le dijo con satisfacción.

Rachel estaba sintiendo una ola de deseo que estaba
haciendo que todo su cuerpo temblase, haciendo desaparecer todas sus inhibiciones. Hasta entonces, no había sabido que fuese posible perder así el control, y al
mismo tiempo ser consciente de lo que estaba haciendo. Su cuerpo parecía funcionar por instinto, parecía saber automáticamente lo que él quería que hiciera.

Cuando volvió a besarla en los labios, Rachel los
separó. Luego descubrió que a Matt se le había salido
la camisa de los pantalones, y metió las manos por debajo. Era la primera vez que tocaba así a un hombre.
Recordó cómo había visto a Matt el día de la playa, y
quiso verlo así de nuevo.

No se dio cuenta de que él le había bajado el vestido hasta la cintura hasta que no notó el aire frío en
los hombros, pero se distrajo al sentir la boca de Matt

acariciándole el escote. Todavía llevaba puesto el sujetador, aunque éste ocultaba tanto como sugería. Bajó la vista y vio que tenía los pechos hinchados y los pezones muy duros.

Matt tomó sus pechos con ambas manos y se inclinó a chupárselos a través del sujetador. La tela se mojó, fue un acto muy sensual, muy íntimo, que hizo que Rachel lo desease todavía más.

Entonces, Matt le desabrochó el sujetador y se lo quitó.

–Vamos a otro sitio más cómodo –le dijo con voz ronca, tomándola en brazos.

Ella se sintió como si la cabeza le estuviese dando vueltas. Todo estaba ocurriendo demasiado deprisa y todavía no estaba preparada. No obstante, lo abrazó por el cuello y apoyó la cara en él. El olor de su piel era tan embriagador que se olvidó de todo.

Matt abrió una puerta de una patada y Rachel vio una moqueta oscura y una cama enorme. Gracias a la luz que entraba desde el salón, distinguió una colcha de seda. Cuando Matt la dejó encima de ella, notó frío en la espalda y recordó que estaba casi desnuda, mientras que Matt estaba vestido.

Lo mismo que la noche anterior.

Habría preferido seguir en aquella semioscuridad, pero Matt dijo:

–Necesitamos algo de luz –y encendió la lamparita de la mesilla–. Quiero verte –añadió, quitándose la camisa con dedos poco firmes–. Quiero ver todo tu cuerpo.

Rachel contuvo la respiración cuando se llevó las manos a la cinturilla del pantalón. Quería tenerlo desnudo, pero no podía evitar estar un poco nerviosa.

–Hazlo tú –le dijo él, arrodillándose a su lado, en la cama, y llevándole las manos al cinturón.

Rachel respiró. Estaba intentando prepararse para lo que venía, pero no estaba funcionando. Se sentó para hacer lo que Matt le había pedido.

Pero sus piernas se separaron al echarse hacia delante y Matt gimió y metió una mano entre ellas. La acarició por encima de las medias y le dijo con satisfacción:

–Estás húmeda.

Rachel no supo cómo reaccionar.

–Increíble –continuó él, metiendo el dedo por el borde de las braguitas y separando los suaves pliegues de su sexo–. Estás tan preparada.

Y a ella le resultó imposible hacer nada mientras Matt la acariciaba. El movimiento de su mano iba aumentando cada vez más su excitación, y le dejó que continuase porque quería prolongar aquella increíble sensación.

Sin saber cómo, consiguió desabrocharle el cinturón y bajarle la cremallera de los pantalones, y se quedó impresionada al ver su erección. Era tan grande. ¿Cómo podía desearlo tanto y estar tan preocupada al mismo tiempo?

Matt se quitó los zapatos y los pantalones y luego se tumbó a su lado en la cama. Le acarició la espalda y Rachel volvió a relajarse cuando la besó. No obstante, no pudo evitar arquear el cuerpo contra el de él, desear más, mucho más. Lo buscó con las manos, deseando darle placer, y le sorprendió que Matt protestase.

–Despacio –le susurró contra los labios–. Sólo soy humano. ¿Cuánto tiempo más crees que voy a aguantar?

Rachel lo miró con los ojos muy abiertos.

–Mucho, espero –le dijo, abrazándolo por la cintura con las piernas mientras él hundía el rostro en sus pechos.

Una vez más, Rachel fue consciente de lo húmeda que estaba. Sentía su erección entre las piernas y quería tenerlo dentro, pero Matt se apartó y le quitó las medias.

Luego, buscó su sexo con la boca.

–¡No puedes hacer eso! –exclamó ella, presa del pánico, pero un minuto más lo estaba alentando a continuar.

–¿Mejor? –le preguntó él, acariciándola con la lengua dentro y haciéndole sentir olas y olas de placer.

–Pero... si quería tenerte dentro –susurró ella.

–Y me vas a tener, pero antes quería darte placer.

–Y lo has hecho –le aseguró ella mientras Matt seguía ascendiendo por su cuerpo, dándole pequeños mordiscos y besos.

Cuando se tumbó sobre ella, Rachel volvió a ponerse tensa, pero sólo un poco. Todavía podía sentir el placer que Matt le había provocado unos segundos antes y cuando le abrió las piernas un poco y empezó a entrar no tuvo miedo.

–Estás tensa –le dijo él, pero de un modo que no la hizo sentirse mal.

Entonces Matt la agarró por el trasero y le hizo arquearse a la vez que la penetraba.

Acalló su grito con la boca, pero no pudo ignorar la repentina obstrucción con la que se había encontrado. No obstante, no podía retirarse. Era demasiado tarde para eso. Sólo podía hundirse en su interior y le-

vantar la cabeza para mirarla. Las lágrimas que llena-
ban sus ojos eran la prueba que corroboraba lo que
acababa de hacer.

—¿Por qué no me lo has dicho? —le preguntó él.

Rachel se humedeció los labios con la lengua.

—¿Importa?

—Claro que importa —le contestó Matt—. Dios mío,
Rachel, eras virgen. Tenías que habérmelo dicho.

—Pensé que me deseabas.

—Y te deseaba. Te sigo deseando, pero esto no está
bien.

—¿No está bien que te desee? —protestó ella—. Por
favor, Matt. No pares ahora.

Había notado cómo él se movía en su interior y había descubierto que quería más, necesitaba más.

Él gimió.

—No creo que pueda parar —admitió—, pero, si te
hago daño de nuevo, tienes que decírmelo.

Rachel asintió y se relajó. Matt empezó a moverse
de nuevo y su cuerpo respondió.

No sintió dolor. Estaba muy húmeda y los movi-
mientos de Matt creaban una maravillosa fricción que
estaba haciendo reaccionar a todas las terminaciones
nerviosas de su cuerpo. Hasta que Rachel pensó que
no podía más.

Entonces ocurrió algo mágico. Fue como si hubiese
estado subiendo una montaña y hubiese llegado a la
cumbre. Abrió los brazos y se dejó caer por el precipicio, y su grito fue salvaje y estuvo cargado de placer...

Capítulo 12

MATT abrió los ojos y vio a Rachel andando de puntillas por su habitación.

Debía de haberse quedado dormido, y con motivo. Además de haber el hecho el amor dos veces, se había tomado varias copas de champán antes de caer rendido.

No obstante, habían compartido el mejor sexo de toda su vida. Había sido más que sexo, lo más cercano a una experiencia espiritual que había conocido. Nunca se había sentido así.

—¿Qué estás haciendo? —le preguntó a Rachel, apoyándose en los codos.

Todavía estaba oscuro fuera, aunque el sol estaba empezando a salir en el horizonte. La lamparita de noche seguía encendida y Matt vio que Rachel ya había encontrado las medias y se las había puesto.

—Ya es por la mañana —susurró ella, con los brazos cruzados sobre el pecho.

Matt se sintió un tanto molesto. Ya la había visto desnuda. Y seguía deseándola. Tenía la sensación de que no se iba a saciar nunca de ella.

—Todavía es temprano —le contestó, intentando hacerlo en tono natural, cuando lo que quería hacer era arrastrarla de nuevo a su cama—. Vuelve a la cama.

–No quiero estar aquí cuando... quien quiera que trabaje en ese despacho llegue –le dijo ella–. Siento haberte molestado, no era mi intención.

–¿Pensabas marcharte sin que me enterase? ¿No me digas que te arrepientes de lo que pasó anoche?

–Claro que no –respondió ella con espontaneidad–. Es sólo... bueno... que supongo que ya nos veríamos luego. Después... después de haberme dado una ducha y haberme cambiado de ropa.

–Puedes ducharte aquí –le dijo él, señalando el baño.

–No, gracias –respondió ella, girándose hacia la puerta–. Iré a buscar el resto de mis cosas.

–Espera –le pidió Matt, saliendo de la cama.

Quería que lo viese desnudo, para demostrarle que no se avergonzaba de sí mismo, ni de ella.

Rachel contuvo la respiración al verlo, pero al menos se olvidó de taparse y abrió la puerta.

Entonces, Matt llegó por detrás y la hizo retroceder hasta chocar contra su cuerpo desnudo.

–No te marches. Quiero volver a hacerte el amor.

Rachel se apretó contra él sin saber por qué y Matt pensó que iba a perder el control.

–Será mejor que me vaya –insistió ella, a pesar de que su cuerpo dijese lo contrario–. De verdad, Matt. Te prometo que nos veremos luego. Necesito algo de tiempo para... refrescarme.

Matt tuvo que dejarla marchar. La vio recoger el sujetador y meterlo en el bolso. Luego tomó el vestido que había llevado la noche anterior y se lo puso enseguida. Sin sujetador, era una prenda mucho más provocativa.

–¡Espera! –le pidió Matt.

En esa ocasión, Rachel esperó, tal vez porque no quería enfadarlo.

Un par de minutos más tarde, Matt se había vestido también.

–Te acompañaré a tu habitación –le dijo–. No quiero que nadie piense mal.

–Gracias –le contestó ella.

Al mirarla, Matt se preguntó si sería verdad que no se arrepentía de lo ocurrido la noche anterior.

Le parecía tan frágil, tan inocente. Se sentía culpable por haberse aprovechado de ella.

Rachel estuvo un rato en la ducha. Estaba cansada, y un poco dolorida, pero muy contenta. Había sido la noche más increíble de su vida y estaba deseando volver a ver a Matt.

Esa mañana, no había querido separarse de su lado, y le habría sido muy fácil olvidarse de los demás y volver a su cama.

¿Querría él que volviesen a pasar otra noche juntos? Eso esperaba ella.

Entonces, se acordó de su madre.

Matt le había negado que tuviese una relación con ella, pero, entonces, ¿qué había entre ambos? ¿Habrían tenido una aventura en el pasado y su madre deseaba volverla a tener?

Rachel no quería pensar en todo aquello, pero tenía que hacerlo. Su padre estaba en Inglaterra, esperando a que ella volviese con buenas noticias, pero ¿qué iba a decirle? ¿Que su madre había cambiado? ¿Que pretendía quedarse a vivir en la isla? ¿Que no tenía nada que ver con Matt?

Al salir de la ducha, se miró en el espejo. No había cambiado nada, al menos, por fuera. Aunque sabía que por dentro era una persona distinta.

Aunque fuese una locura, estaba deseando volver a ver a Matt. Si hubiese sabido su número de teléfono, lo habría llamado. Tendrían que hablar antes de que volviese a ocurrir algo importante entre ellos.

Aunque ¿qué podía ocurrir más importante que lo de la noche anterior?

Sacudiendo la cabeza. Se secó con una toalla y se recogió el pelo con una goma. Luego se puso unos pantalones cortos de color verde lima y una camiseta que le tapaba una nueva marca que le había hecho Matt en el hombro. No podía hacer nada para ocultar la del cuello, pero ya se le notaba menos.

Se puso rímel, se pintó los labios, se calzó unas zapatillas de lona y, después de tomar su bolso, salió de la habitación.

No pudo evitar mirar hacia las puertas dobles que daban al despacho y a la suite de Matt. Con cierta decepción al no verlo, bajó las escaleras.

Pensó que si él quería encontrarla, pensaría que estaba desayunando en el patio, así que allí fue. Se sentó cerca de la piscina y pidió café y una tostada. Por primera vez desde que había llegado a San Antonio, tenía hambre.

Estaba terminando la tercera taza de café cuando algo llamó su atención. Después de haber hablado con el camarero, una mujer se acercaba hacia ella.

Su madre.

Rachel contuvo la respiración. No pudo evitarlo. No quería hablar con ella. No, hasta que no hubiese hablado con Matt.

Pero eso no iba a ser posible, así que posó la taza de café y se puso de pie.

–Hola, mamá.

–¡Te he dicho que no me llames mamá! –exclamó Sara enfadada. Luego se giró hacia el camarero, que la había seguido y añadió–: Más café. No quiero comer nada.

–Sí, señora.

Rachel observó que su madre iba vestida del mismo modo que la noche anterior. Y que no parecía haberse acostado.

Sara se sentó frente a su hija.

–Veo que no te has marchado a Londres, como te dije –comentó.

Rachel suspiró.

–Ya sabías que estaba aquí, mamá. Me viste anoche en casa de Matt.

–Te vi anoche en casa de su padre –la corrigió su madre–. Matt no vive con su padre. Tiene su propia casa. ¿Dónde crees que he estado alojada?

–Ya veo.

Aquello fue un golpe bajo, pero Rachel hizo lo posible por ocultar su reacción.

–Sí, es una casa muy bonita. Con vistas al mar. Y soy muy feliz allí.

–¿Qué quieres, mamá? –le preguntó ella–. ¿Por qué has venido aquí?

–¿Que qué quiero? Que vuelvas a Londres y le digas a tu padre que me pondré en contacto con él cuando esté preparada.

—¿Por qué no se lo dices tú misma? No sé si sabes que también hay teléfonos en el paraíso.

—No te hagas la lista conmigo, Rachel. Sé lo que estáis haciendo. Tu padre y tú. Estáis intentando poner a Matt y a su familia en mi contra.

—¡Eso no es verdad! —protestó Rachel.

—Sí que lo es. Y no lo vais a conseguir. Ellos quieren que esté aquí. Y yo quiero quedarme.

—Yo no me llevé esa impresión —murmuró ella—. Por favor, mamá...

—No me llames así.

—Está bien, Sara. Sabes que papá te quiere. Yo te quiero. ¿Por qué no vuelves a casa?

—¡Lo ves! —exclamó su madre triunfante—. Quieres interponerte entre nosotros.

—Mamá... Sara... al señor Brody no pareció gustarle que fueses por allí anoche.

—Jacob está celoso, eso es todo.

—¡Celoso! El señor Brody no está interesado por ti.

—Está celoso por la relación que tengo con nuestro hijo.

Rachel sintió náuseas.

—¿Vuestro... hijo? —susurró.

—Eso es. ¿Te encuentras bien? Te has puesto pálida de repente.

—Estoy bien —mintió Rachel, que acababa de sentir que todo su mundo se derrumbaba.

El camarero llegó con el café que su madre había pedido.

—Gracias —dijo su madre, antes de seguir hablando

con ella–. No entiendes nada, ¿verdad? No sé qué te ha dicho tu padre, pero es evidente que no ha sido la verdad.

–¿Papá conoce la verdad?

–Por supuesto –afirmó Sara con desdén–. Lo sabe desde hace treinta y dos años.

Rachel se quedó sin habla y temió vomitar todo el desayuno encima de la mesa.

–Perdóname –dijo de repente, levantándose.

Salió corriendo hasta el cuarto de baño más cercano y allí vomitó. Todavía estaba apoyada en el retrete cuando alguien entró. Rezó por que no fuese su madre. Guardó silencio, pero no la engañó.

–¿Rachel? –la llamó Sara–. ¿Qué te pasa? ¿Qué te había contado tu padre? Ya verás cuando lo vea. Le diré exactamente lo que pienso por haberte mandado a hacer el trabajo sucio aquí.

Rachel se preguntó por qué la había hecho ir su padre, si sabía la verdad.

Matt no era el amante de su madre. ¡Si no su propio hermano!

Se sonó la nariz y contuvo las lágrimas, tenía que actuar como si hubiese sido su padre el único que la hubiese decepcionado.

Abrió la puerta del baño y salió.

–¿Qué te ha pasado? No puedo creer que te hayas puesto así por lo que yo he dicho.

–Tal vez me haya sentado mal la tostada del desayuno. O quizás me haya enfriado. Dicen que pasa, después de quemarse con el sol.

–Tal vez –le respondió su madre con el ceño fruncido–. Vamos a tu habitación.

–Mi... bolso...

–Yo iré por él –por primera vez, Sara le demostró un poco de consideración–. ¿Cuál es el número de tu habitación? Nos veremos allí.

Rachel no quería que su madre invadiese el único espacio privado que tenía, pero tuvo que decirle cuál era su habitación. Después, salió del baño y subió corriendo.

Mientras lo hacía, rezó por no encontrarse con Matt. Ojalá no volviese a verlo nunca...

Capítulo 13

RACHEL consiguió un billete para el avión que salía esa noche de Jamaica.

El pequeño avión que volaba entre San Antonio y bahía Montego enlazaba con el que la llevaría a Londres.

Sara había pensado que se marchaba porque su padre la había mentido. Ni siquiera se le había ocurrido que pudiese tener algo que ver con la relación de Rachel con Matt. Ni se preguntó por qué Rachel no tenía interés en conocer a su nuevo hermano.

Rachel se estremeció al pensarlo. Menos mal que no lo había visto esa mañana. Cuando se diese cuenta de que se había marchado, ya estaría fuera de la isla.

Aunque, en realidad, lo que deseaba hacer era encerrarse en alguna parte y ponerse a llorar como un bebé. Estaba desolada, destrozada y nadie, mucho menos su madre, podía consolarla.

Por suerte, Sara no se había dado cuenta de nada. Lo único que le había contado a Rachel era que había cometido un enorme error al dejarlo con su padre al poco tiempo de nacer.

Y Rachel casi ni la había escuchado. No quería oír que Jacob Brody había seducido a su madre y después

se había casado con otra. Sólo quería olvidarse de
todo.

No se relajó hasta que el avión no hubo despegado
del aeropuerto de bahía Montego. Nadie la había seguido, nadie había hablado con ella.

El avión debía aterrizar en Heathrow poco después
de las ocho de la mañana siguiente, y aunque hubiese
preferido volver a casa sola, se vio obligada a avisar
a su padre de su regreso.

Lo llamó un par de horas antes del aterrizaje y lo
sacó de la cama.

–¿Por qué no me has llamado antes de salir? –le
preguntó éste–. ¿Has visto a tu madre? Llevo días esperando a que me llames.

–Ya te lo contaré todo cuando llegue. No te preocupes, tomaré un taxi en el aeropuerto.

–De eso nada. Iré a recogerte.

–Está bien.

–Te quiero –se despidió él, pero Rachel no fue capaz de contestarle.

Después de colgar pensó en Matt. Ya debía de haber descubierto que se había marchado de la isla. Se
preguntó si no le había importado en absoluto que su
relación fuese tabú. ¿O había sentido la misma irresistible atracción que ella? Una atracción que en esos
momentos sabía que era algo prohibido.

Volvió a tener ganas de vomitar.

Levantó las rodillas, se abrazó con fuerza a ellas y
se puso a llorar. En un par de días, todo su mundo había cambiado. Matt significaba demasiado para ella.
Lo quería.

Y no debía hacerlo.

–¿Está bien, señorita Claiborne? –le preguntó una de las azafatas.

Ella intentó sacarse un pañuelo del bolsillo para limpiarse las lágrimas.

–No me pasa nada –respondió ellas–. Problemas familiares, ya sabe, pero gracias.

Eran las nueve menos cuarto cuando pasó por el control de pasaportes y recogió el equipaje, pero su padre la estaba esperando pacientemente fuera y, a pesar de sentirse traicionada, Rachel no dudó en recibir su abrazo. Las mentiras le importaban menos en esos momentos que la seguridad que le daba estar tan cerca de él.

No pudo evitar ponerse a llorar de nuevo.

–¿Rachel? –le dijo su padre, mirándola con preocupación.

–Ahora, no, papá –le pidió ella.

Un par de horas más tarde, en el piso de sus padres, con una taza de café delante, Rachel supo que no podía seguir posponiendo el momento.

–¿Por qué no me dijiste que sabías quién era Matt Brody? –le preguntó a su padre–. Me hiciste pensar que mamá tenía una aventura con él.

–Lo sé –admitió su padre–, pero si te hubiese dicho que quien me preocupaba era Jacob Brody, tendría que haberte explicado quién era Matthew Brody.

–¿Y cuál habría sido el problema?

–Que no debía ser yo quien te contase ese secreto.

–¿Así que admites que era un secreto?

–Sí, el secreto de tu madre.

–No sé por qué te preocupabas por el padre de Matt, está felizmente casado.

—¿De verdad?

—Sí.

—¿Lo has conocido?

—Sí.

—Tengo entendido que sufrió un ataque hace un par de meses.

—Sí, pero ¿qué importa eso?

—Oh, Rachel, no debería ser yo quien te contase esto. Debería hacerlo ella.

—Pero ella no está aquí. Por favor, papá. ¿Por qué no me contasteis que había habido otro hombre antes que tú? ¿Que mamá había tenido otro hijo?

—Porque, al parecer, no fue así.

—¿El qué no fue así? —preguntó Rachel confundida.

—Empezaré por el principio —le dijo su padre, respirando hondo—. Cuando yo empecé a salir con tu madre, me contó que había tenido un hijo.

—¿Con qué edad lo tuvo?

—Con dieciséis años.

—¡Dieciséis! —exclamó Rachel con incredulidad.

—Sí, había ido de vacaciones con sus padres a San Antonio y allí había conocido a Jacob Brody, que debía de tener unos veinte años más que ella. El caso es que, cuando volvió a casa, se enteró de que estaba embarazada y sintió pánico. Las cosas por entonces eran distintas, así que tu abuelo escribió al padre de Jacob Brody y decidieron que, cuando el niño naciese, Jacob sería su tutor legal.

—Mamá y tú os casasteis cuando ella tenía diecinueve años, ¿verdad?

—Eso es. Y, al principio, fuimos muy felices.

—¿Pero?

–Tú debías de tener trece años cuando Sara me dijo que le había seguido la pista a Matthew, que sabía que iba a ir a estudiar a Princeton y que quería ir a verlo. Los abuelos habían muerto un año antes, así que supongo que tu madre se sintió libre para ir a conocer a su hijo.

–¿Y fue?

–Sí. Al parecer, a Matthew le encantó verla. Al que no le gustó tanto fue a Jacob. Luego, volvieron a verse un par de veces más, pero hace un par de meses se enteró de que el padre de Matthew había sufrido un ataque y dijo que tenía que irse a San Antonio, a reconfortar a Matthew.

–Pero tú no la creíste.

–No. ¡Jacob Brody es el padre de su hijo!

–Y tú eres el mío –le dijo ella, con ganas de llorar de nuevo–. ¿Acaso eso no significa nada para ella?

–Claro que sí, Rachel –le dijo su padre, agarrándole la mano–. Te queremos mucho. Y lo sabes.

–Pero un hijo es mucho más. ¿No?

–No.

–Entonces, ¿por qué quiere quedarse a vivir en San Antonio?

–¿Eso ha dicho?

–Bueno... dijo que era feliz allí. No dijo que no fuese a volver, pero tampoco dijo que fuese a hacerlo.

–¡Maldita sea!

De repente, llamaron a la puerta de la cocina y ambos levantaron la cabeza sorprendidos.

–Soy yo, Ralph –dijo una voz femenina en tono bajo.

Laura, la tía de Rachel, abrió la puerta y entró.

–¡Oh, Rachel! –exclamó al verla–. No sabía que ibas a volver hoy.

–Y no iba a hacerlo –le respondió Ralph–. Al parecer, tu hermana está pensando en quedarse en San Antonio, así que Rachel ha decidido volver.

–¿No será verdad? ¡Será tonta! Quiero decir...

Se interrumpió y miró a Ralph, como para saber qué debía decir y qué no.

–Rachel sabe lo de Matthew –le contó él–. Se lo ha dicho Sara.

–Bueno –dijo Laura, al parecer, aliviada–, pero Matthew debe de tener treinta y cinco o treinta y seis años, no creo que quiera tener a su madre encima toda la vida.

–¿Qué tienes ahí? –le preguntó Ralph, mirando una bolsa que llevaba en la mano.

–Te he traído algo para la cena. Pensé que a estas horas estarías en el trabajo.

Rachel sintió que sobraba, así que se levantó.

–Iré al baño y luego me marcharé a mi apartamento, papá.

–Podrías quedarte aquí.

–No, gracias –sonrió a Laura–. Perdona.

Fue al cuarto de baño y se miró en el espejo. Estaba muy pálida. Le sorprendía que su tía no se lo hubiese dicho, pero bastante tenía con disimular para que no pareciese que estaba intentando conquistar a su padre. Si su madre no se daba prisa en volver, su hermana pequeña le arrebataría el marido y la casa.

Volvió a sentir ganas de llorar, algo poco normal en ella, pero nada de lo que estaba pasando le parecía normal.

Iba por el pasillo cuando oyó decir a su tía:

—¿No le has contado la verdad a Rachel? Tiene treinta años, Ralph, y aunque Sara no esté aquí, tiene que saberlo.

Capítulo 14

DON GRAHAM se detuvo delante del escritorio de Rachel de camino a su despacho.

—Rachel —le dijo en tono tranquilo, por primera vez en tres semanas.

No era de extrañar que hubiese estado muy pendiente de ella ya que, desde que había vuelto de San Antonio, le había costado mucho trabajo concentrarse.

A pesar de haberse sentido aliviada al enterarse de que Matt no era en realidad su hermano, el hecho de que él había sabido la verdad todo el tiempo complicaba todavía más su relación.

Y eso era bueno, y malo.

Gracias a su tía Laura se había enterado de que sus padres la habían adoptado a los pocos días de nacer.

Ella había decidido ser generosa con su padre, que ya había sufrido bastante.

Aunque, en esos momentos, no le parecía que estuviese sufriendo demasiado. Laura había ocupado el lugar de su madre en la casa y, como Sara no volviese pronto, tal vez lo ocupase también en el corazón de su padre.

Y con respecto a Matt...

Si no hubiese sido por él, Rachel no habría tenido aquel dilema.

Sabía que, si hubiese sabido la verdad, no se habría marchado así de la isla. Y culpar a Sara habría sido demasiado fácil.

Ni siquiera se había despedido de él, después de lo que habían compartido.

Aunque tal vez a Matt no le hubiese importado. Le había hecho el amor, sí, pero también debía de habérselo hecho a muchas otras mujeres. Y, si ella le hubiese importado, habría ido a buscarla a Inglaterra.

—¿Rachel? —repitió Don Graham, que seguía de pie delante de su escritorio—. Tienes visita. Es tu madre.

Rachel lo miró con incredulidad. Había hablado con su padre por teléfono la noche anterior y éste no le había dicho que su madre hubiese regresado.

—Le he dicho a Valerie que la haga pasar a la sala de reuniones. Creo que tenéis mucho de lo que hablar, así que tómate el resto del día libre. Es viernes. Así que, hasta el lunes, ¿de acuerdo?

Ella estuvo a punto de negarse a ir a ver a su madre, pero Rachel no era así.

—Está bien, gracias.

Don Graham arqueó las cejas levemente y se marchó.

Y Rachel se dirigió muy despacio a la sala de reuniones.

Su madre estaba allí sentada, con una taza de café delante. En cuanto ella entró, se puso de pie.

—Oh, Rachel —le dijo—. ¡He sido una tonta!

Ella cerró la puerta y apoyó la espalda en ella.

—Papá no me había dicho que estabas aquí.

—Es que todavía no lo sabe. He llegado esta mañana y he venido directa a verte. Necesitaba hablar contigo. A solas.

Rachel se apartó de la puerta.

–¿No crees que deberías llamar primero a papá? Ha estado muy preocupado por ti.

–Estoy segura de que tu tía Laura lo ha cuidado mucho –respondió su madre con cinismo.

–Pero no puedes culpar a papá de ello.

–No culpo a nadie, salvo a mí misma. ¿Podemos ir a tu apartamento a hablar?

–Está bien –aceptó Rachel. Se miró el reloj–. Hay un autobús dentro de quince minutos.

–Iremos en taxi –sugirió su madre.

–De acuerdo. Iré por mis cosas.

Con el tráfico que había, tardaron casi una hora en llegar a casa de Rachel. Subieron en ascensor hasta el séptimo piso y Rachel abrió la puerta del apartamento número 702.

Su madre casi no había hablado en el taxi, era evidente que la situación entre ambas era tensa. No obstante, al llegar a su casa, Sara suspiró aliviada y se dejó caer en el sofá del salón. Era como si su madre hubiese recuperado de golpe los años que había parecido perder en San Antonio. Estaba pálida, cansada y, de repente, tenía los ojos llenos de lágrimas.

–Oh, mamá –dijo Rachel, acercándose a ella, pero se detuvo al oír sus siguientes palabras.

–Matt y yo hemos tenido una terrible discusión –confesó llorando–. Me odia. Oh, Rachel, ¿por qué tuviste que ir a San Antonio?

Rachel se sentó en el brazo del sillón que tenía más cerca.

–Fui a buscarte, mamá. Papá estaba preocupado por ti. Y yo también. No sabíamos qué pensar.

–Tu padre pensó que había ido a ver a Jacob, ¿verdad? No tenía derecho a meterte a ti en esto.

–Entonces, ¿por qué no vas a hablar de esto con papá? ¿Por qué vienes a hablar conmigo?

–¿Es que no has oído lo que te he dicho? Me he peleado con Matt. ¡Por ti!

–¿Por mí? –preguntó ella extrañada–. ¿Por qué?

–No te andes con remilgos. Sé lo que ha pasado entre vosotros. Me lo ha contado. ¿No te importó que fuese tu hermano?

–¿Cómo te atreves a decir eso? –le preguntó Rachel horrorizada–. Dios mío, si ni siquiera sabía que era tu hijo. Pensaba que era... que era...

–¡No! ¿Cómo ibas a pensar que un hombre como Matt podía estar interesado en una mujer de mi edad?

–Creo que va a ser mejor que te marches –le pidió Rachel, dolida.

–Antes, tengo que contarte algo.

–¿El qué? ¿Que soy adoptada? No te molestes, ya lo sé.

–¿Lo sabes? –preguntó Sara sorprendida–. ¿Cómo lo has averiguado?

–Oí hablar a papá y a tía Laura. ¿Qué más da? Lo sé, eso es todo. Puedes ahorrarte la confesión para otra persona.

–No seas cruel, Rachel. No sabes lo que he sufrido durante todos estos años. Tenía que haber sabido que Laura no sería capaz de mantener la boca cerrada.

–¿Y no piensas que papá ha sufrido también?

–Pero Matt es mi hijo, Rachel. Quería tener tres,

pero tu padre no podía, así que accedí a que adoptásemos.

–Y me adoptasteis a mí, ¿no? Qué decepción para ti.

–No digas eso, Rachel. Sé que nunca hemos estado unidas, pero te quiero. Te quiero.

–Pero no tanto como quieres a Matt –replicó Rachel con tristeza–. De verdad, mamá, creo que debes marcharte. Y reza porque papá sienta por ti más lástima de la que siento yo en estos momentos.

–Lincoln Place 702 –murmuró Matt mirando el alto edificio de apartamentos.

Así que allí era donde vivía Rachel. Estaba nervioso por haber ido sin haber sido invitado. ¿Y si estaba equivocado? ¿Y si ella no quería volver a verlo? Eran las ocho de la mañana del sábado y todavía debía de estar dormida.

No obstante, tenía que verla. Necesitaba verla. Tenía que saber qué le había contado Sara, si Rachel todavía pensaba que eran hermanos.

Él no se había enterado de que no sabía que era adoptada hasta el jueves por la noche, y había estado a punto de estrangular a su madre por ello.

Se había quedado destrozado al enterarse de que Rachel se había marchado de la isla, y su madre lo sabía, pero no le había contado que había hablado con ella antes de marcharse, así que Matt se había sentido culpable.

Pero el jueves había cenado a solas con su padre y, en un momento dado, éste le había dicho:

–Es una pena que Rachel y tú seáis hermanos de madre, porque os entendíais muy bien.

–No somos hermanos de madre –lo había interrumpido él–. ¿Por qué dices eso? Sabes que Rachel fue adoptada por los Claiborne.

Y Jacob se había quedado boquiabierto.

–No lo sabía. Tu madre jamás me lo ha dicho.

Eso hizo que Matt sospechase lo peor.

–¡Dios mío! ¿Crees que Rachel sabe que es adoptada?

–¿Quién sabe? Se lo tendrás que preguntar a tu madre. ¿Por qué? ¿Es importante? –le había preguntado su padre.

–Podría serlo –había respondido él–. Me he acostado con ella. Pensaba que sabía que era adoptada.

–Pero si no sabía que era adoptada. ¿Cómo iba a querer acostarse contigo? Si pensaba que eras su hermano...

–Porque no sabía que Sara era mi madre, pensaba que éramos amantes.

–¿Y qué vas a hacer ahora? –le había preguntado su padre.

–Voy a ir a sacarle la verdad a Sara. Siento dejarte solo, pero acabo de perder el apetito.

Después de aquello, Matt había ido a Mango Key a hablar con su madre. Ésta, con lágrimas en los ojos, le había contado lo duro que había sido para ella perderlo cuando todavía era un bebé, y que después de enterarse de que su marido era estéril, habían tenido que recurrir a la adopción.

–¿Pero nunca le habéis contado a Rachel que no sois sus padres biológicos? –le había preguntado él.

–No pensé que fuese importante. Y, por aquella época, eran cosas que no se contaban. De todos modos, no sé qué te importa a ti eso. Rachel no significa nada para ti –había dicho su madre.

–¿No?

Después habían seguido discutiendo. Matt había pensado que, si su madre le había estropeado la oportunidad de tener una vida junto a Rachel, jamás la perdonaría.

Jamás.

Capítulo 15

MATT estaba buscando el número del apartamento de Rachel en el telefonillo cuando
una joven salió por la puerta y lo dejó pasar.

–Gracias –le dijo él, entrando y tomando inmediatamente el ascensor.

Al llegar al séptimo piso, sintió cierta aprensión.
¿Y si se había equivocado? No tenía ni idea de lo que
estaría pensando Rachel en esos momentos.

No había timbre, así que llamó a la puerta del apartamento 702. Se acordó de la tarde en que le había llevado a Rachel la crema de su abuela, y de lo que había
sentido al tocarla.

Oyó que movían una llave al otro lado y que qui-
taban un cerrojo y se puso a sudar. Jamás había estado
tan nervioso.

La puerta se abrió un par de centímetros y Matt vio
a la mujer que tanto le importaba. Iba ataviada con
una camiseta y unos pantaloncillos que dejaban al descubierto la mayor parte de sus increíbles piernas.

–Matt –le dijo–. ¿Qué... qué estás haciendo aquí?

–¿Tú qué crees? ¿Que he venido a hacer turismo?
–contestó él, haciendo una mueca–. He venido a verte.

* * *

Rachel tenía el pulso acelerado. Cuando había oído que llamaban a la puerta, había pensado que debía de ser alguien que se había equivocado de apartamento, ya que ella no esperaba a nadie.

Pero al mirar por la mirilla había visto a Matt y le habían empezado a temblar las piernas.

–¿Puedo pasar?

Parecía cansado, así que Rachel retrocedió de inmediato para dejar que entrase. Iba vestido con un abrigo largo y negro de cachemir, pantalones y camisa oscuros.

Rachel contuvo la respiración mientras pasaba a su lado y luego hizo acopio de valor y cerró la puerta. Ambos entraron en el salón.

–Voy a vestirme –empezó Rachel.

–No –la interrumpió él–. No vayas.

–Pero si estoy...

–...preciosa como estás –le aseguró Matt–. ¿Podemos sentarnos?

–Antes de que te caigas, ¿quieres decir? Pareces... agotado.

–Vaya, gracias.

–Da la sensación de que no has estado durmiendo bien últimamente. Siéntate. Te prepararé un café.

–No necesito café –le dijo él, agarrándola del brazo–. Quédate conmigo. Tenemos que hablar.

–Sí –admitió Rachel–. Sobre todo, tienes que contarme qué estás haciendo aquí.

–Ya te lo he dicho. He venido porque tenía que verte.

Rachel sacudió la cabeza.

–Han pasado tres semanas, Matt...

–¿Acaso piensas que no lo sé? –preguntó él, sin soltarla.

–Mira, iré a hacer ese café –insistió Rachel–. Relájate, ¿eh? No tardaré.

–No quiero café –replicó Matt, soltándola por fin y quitándose el abrigo. Lo dejó en el respaldo del sofá y se sentó–. ¿Te parece bien así?

Rachel se mordió el labio inferior.

–Lo primero, quiero saber si ha venido Sara a verte –le dijo él.

Rachel dudó.

–Sí.

–¡Lo sabía! En cuanto se dio cuenta de lo que iba a hacer, volvió corriendo... –se interrumpió–. Doy por hecho que te ha contado...

Matt suspiró, sin saber cómo continuar.

–Si te refieres a que soy adoptada, ya lo sabía. Oí hablar a mi padre con mi tía Laura, que pensaba que debían habérmelo dicho hace muchos años.

–¡Gracias a tía Laura! –comentó él en tono de humor–. Sara debió de quedarse lívida cuando se enteró.

–Matt...

–Cuando pienso en lo que me ha hecho pasar.

–¿El qué?

Rachel parecía confundida, pero Matt sacudió la cabeza.

–Ya te lo contaré. Ahora, deja que te diga por qué no he venido antes, ¿de acuerdo?

–Si es importante para ti.

–¿Por qué dices eso? –preguntó él con el ceño fruncido–. Claro que es importante. Es lo más importante de todo. ¿Qué quieres que te diga? ¿Que no puedo comer? ¿Que no puedo dormir? ¿Que desde que te marchaste me he estado culpando de haberte arruinado la vida?

—¿De haberme arruinado la vida? —repitió ella con incredulidad.

—Bueno, tal vez haya exagerado un poco —admitió Matt—, pero ya sabes lo que quiero decir. Eras virgen. No ibas por ahí invitando a idiotas como yo a meterse en tu cama.

—¿A idiotas como tú?

—Sí. Tenía que haberme dado cuenta de lo inocente que eras. Tenía que haber esperado a que nos conociésemos mejor, pero... no fui capaz —dejó escapar una carcajada—. Es irónico, que te criticase por no confiar en mí.

Rachel frunció el ceño.

—¿No te arrepientes de lo que pasó?

—¡Qué dices!

—Entonces, no...

—Pensé que por eso te habías marchado de la isla sin despedirte de mí, porque te habías arrepentido de lo que habíamos hecho y no querías volver a verme.

Rachel se quedó boquiabierta.

—¿Pero mi madre no...? No, supongo que no.

—¿Qué? ¿Crees que me dijo por qué te habías marchado? ¿Que me contó que había hablado contigo? ¿Que me informó de que pensabas que era tu hermano? Creo que ambos conocemos a Sara lo suficientemente bien para saber que no haría algo así.

—¡Oh, Matt! —exclamó ella, acercándose más—. Y yo pensaba que te habrías alegrado de no tener que volver a verme.

–¿Cómo puedes pensar eso? –le dijo Matt, agarrándola de los muslos y apoyando la cara en su vientre–. La noche que pasamos juntos fue la mejor noche de toda mi vida.

–Y... y de la mía –susurró Rachel con voz ronca.

Matt levantó la cabeza para mirarla.

–Entonces, ¿no te habrías marchado de la isla si Sara no hubiese hablado contigo? –le preguntó.

–¿Te hace falta preguntármelo?

–Tal vez necesite oírtelo decir –respondió él con voz temblorosa.

–No me habría marchado –admitió ella–. No sin despedirme. No obstante, tenías que haberme dicho que Sara era tu madre.

–Sí, aunque también pienso que luego me habría sentido mucho peor si lo hubiese hecho.

Rachel dejó que la abrazase más fuerte,

–Podías haberme contado que era adoptada –le sugirió.

–Ah, sí –Matt sonrió–. Ya me imagino la conversación: mira, cariño, Sara es mi madre biológica, pero no te alarmes, porque tú eres adoptada.

Rachel se echó a reír, muy a su pesar.

–De todos modos...

–De todos modos, ¿qué? –dijo él, mirándola y abrazándola por el trasero–. Ayúdame, porque me estoy muriendo.

Rachel se puso a temblar.

–Bueno, que tú sabías que era adoptada y pensabas que yo también lo sabía. Entonces, ¿por qué no me dijiste que Sara era tu madre?

–Ah, eso...

–Sí, eso.

–No pretendía engañarte, pero era evidente que estabas buscando a tu madre y yo sabía que, cuando la encontrases, te marcharías. Y no quería que te marchases.

–¿Lo dices de verdad? –le preguntó Rachel, acariciándole el rostro.

–Maldita sea, claro que sí. ¿No pensarás que me gustaba que creyeses que estaba con otra?

–¡Estaba tan celosa!

–¿Celosa?

–No finjas que no lo sabías.

–Lo único que sé es que nunca me había sentido así –murmuró Matt.

Luego se puso en pie y le dio un fuerte abrazo. Su boca buscó la suya y le dio un apasionado beso en los labios. Rachel se apoyó en él y notó su erección, bajó la mano hasta ella y la acarició.

–Cómo necesitaba esto –murmuró Matt–. Dime que tú sientes lo mismo, o creo que voy a volverme loco. Han sido las tres semanas más largas de toda mi vida.

–Y de la mía –susurró Rachel, abrazándolo por el cuello y levantando una pierna para acariciarle la pantorrilla con los dedos de los pies–. Pensaba... Bueno, ya sabes lo que pensaba. Y cuando averigüé que Sara era tu madre... Estaba segura de que te convencería de que te mantuvieses alejado de mí.

–Nada habría podido mantenerme alejado de ti –le aseguró él–. En cuanto me di cuenta de lo que Sara te había dicho, vine a Inglaterra.

Luego volvió a besarla y Rachel empezó a sentir una especie de descargas eléctricas por todo el cuerpo.

–Te deseo –le dijo Matt, dejando de besarla–. Te quiero tener desnuda, en la cama, conmigo...

Capítulo 16

L A CAMA de Rachel todavía estaba deshecha, como la había dejado. Matt la miró y se sintió feliz. Estaban juntos, y aquello era lo que más lo satisfacía.

Fue fácil desnudar a Rachel. Le quitó la camiseta por la cabeza y le bajó los pantaloncillos. Aquélla era la mujer a la que había estado buscando durante toda su vida, pensó con incredulidad. Y no podía creer que fuese suya.

Él se desnudó también, con la ayuda de Rachel, y luego la tomó en brazos y dejó que lo abrazase con las piernas por la cintura.

Su erección quedó en contacto con el trasero de Rachel y eso lo excitó, pero podría esperar. Tenían el resto de sus vidas para estar juntos.

–¿Sabes cuánto he deseado estar contigo? –le preguntó, apoyando la frente contra la de ella.

–Pensé que querías que nos metiésemos en la cama –murmuró Rachel en tono provocador.

–Y lo quiero. Sólo estoy prolongando este momento. Y anticipando lo que voy a hacer contigo.

–¿Y qué me vas a hacer...?

–Ya lo verás –le aseguró él, dejándola en la cama.

Rachel se echó a reír y se fue hacia el otro lado, pero Matt se tumbó también y la agarró del tobillo.

–Ven aquí –le ordenó, acariciándole el escote.

Rachel volvió a su lado y se besaron apasionadamente.

–Eres mía –le dijo Matt–. Y no voy a dejarte marchar jamás.

–Promesas, prome... –empezó Rachel, pero Matt le hizo callar con un beso.

A ella no le importó, lo abrazó por el cuello y enterró los dedos en su pelo. Era un placer, volver a estar cerca de él, saber que, pasase lo que pasase, volvían a estar juntos.

Matt se tumbó sobre ella y Rachel le acarició la erección. Justo en la punta, tenía una gota brillante y Rachel supo qué hacer con ella. Se la limpió con el dedo pulgar y se lo llevó a la boca.

En ese momento, Matt se perdió por completo y la penetró.

–Te quiero –le dijo con voz temblorosa.

–Y yo a ti –susurró ella.

Cuando Matt empezó a moverse acompasadamente, a ella no le costó nada seguirle el ritmo. Y llegó al clímax sólo un par de segundos después de él.

–Lo siento –le dijo Matt cuando recuperó el aliento–. Llevaba mucho tiempo deseándote.

–Yo también –respondió ella–, pero tenemos todo el tiempo del mundo...

Volvieron a hacer el amor y luego se dieron una ducha juntos e hicieron el amor en la ducha.

Después durmieron un par de horas y cuando Rachel volvió a abrir los ojos, vio a Matt subiéndose a la cama de nuevo con dos tazas de café y un bocadillo de jamón y queso.

–Eh –le dijo, acercándose a besarla–. ¿Tienes hambre?

–¿Y tú?

–Siempre tengo hambre... de ti –respondió Matt–, pero también debemos saciar a nuestra bestia interior además de a la exterior.

–¿Eres una bestia? –le preguntó Rachel sonriendo.

–Soy tu bestia, y será mejor que te vayas acostumbrando –contestó él, poniéndose la bandeja en las rodillas.

–Nada me apetece más –murmuró ella, sentándose y tomando una taza de café.

En esa ocasión, no intentó taparse los pechos.

–Umm, te va a encantar mi café instantáneo –le dijo.

–Cariño, bebería agua con sal con tal de estar aquí contigo –respondió él. Hizo una pausa–. ¿Lo has dicho de verdad?

–¿El qué? –preguntó ella, a pesar de saber a qué se refería–. ¿Y tú?

–¿Cuándo he dicho que te quiero? –dijo él, sin andarse con rodeos–. Sí, lo he dicho de verdad.

–Yo también –susurró ella–. ¿Compartimos tu bocadillo?

–¿Sólo quieres que compartamos eso?

–Por ahora –respondió ella–. ¿Te has dado cuenta de que son casi las dos?

–¿Y qué? Tú lo has dicho, tenemos todo el tiempo

del mundo –le recordó Matt, dándole la mitad del bocadillo–. Se me da bien hacer bocadillos.

–Entre otras cosas –admitió Rachel.

–¿Qué otras cosas?

–¡Matt! –lo reprendió ella–. Ahora no. Tenemos que hablar. Tengo la sensación de que a mi... a tu madre no le va a gustar esto.

–Tendrá que acostumbrarse. ¿Y tu padre? ¿Qué crees que pensará?

Rachel le dio un mordisco al bocadillo. Lo masticó y luego contestó:

–No creo que le importe. Siempre ha querido que sea feliz.

–Creo que me va a caer bien.

–Eso espero –dijo Rachel, bebiendo café–. Y también espero que mamá y él resuelvan sus diferencias.

–Bueno, eso es asunto suyo. Supongo que fue difícil para tu padre, que Sara quisiese mantenerse en contacto conmigo.

–Sí, sobre todo, porque sospechaba que tu padre seguía interesado por ella.

–Pues no podía estar más equivocado –admitió Matt.

–¿Y tú, cómo te sentiste cuando Sara empezó a ir a verte?

–¿Sinceramente? –Matt hizo una mueca–. Raro.

–Debiste de quedarte de piedra cuando la viste aparecer en San Antonio.

–La verdad es que sí. Debo reconocer que fue de muy mal gusto, sabiendo que Jacob no quería que fuese allí.

–¿Por eso se alojó en tu casa?

–Sí. No quería que se quedase, pero tampoco podía estar en Jaracoba, y no quería que hablase de mí en el hotel.

–Bueno, háblame de tu casa –le pidió Rachel, decidiendo que ya habían hablado suficiente de Sara–. ¿Tiene vistas al mar, como dijo mi madre?

–Sí, pronto la verás.

–¿Pronto?

–Eso espero –le dijo Matt muy serio–. Quiero que vengas a San Antonio conmigo.

–¿A San Antonio?

–Bueno, va a ser tu casa. No pienso permitir que te quedes aquí, con Sara corrompiéndote.

Rachel se terminó el café y dejó la taza en la bandeja.

–No exageres.

–Te hizo pensar que estabas teniendo una relación con tu hermano –replicó él.

–En cualquier caso, me alegro de que no seas mi hermano, pero no sé si puedo ir a San Antonio contigo. Tengo un trabajo. Responsabilidades.

–Te encontraré trabajo en San Antonio –le aseguró Matt sonriendo–. Puedes ayudar a mi padre a escribir sus memorias.

–Oh, Matt...

–¿Quieres venir?

–¿Hace falta que me lo preguntes?

–En ese caso, déjamelo todo a mí.

–Haces que todo parezca tan fácil –dijo Rachel suspirando.

–Es fácil –respondió él, poniéndose de rodillas–. Ahora, sólo quiero pedirte otra cosa...

Epílogo

S E CASARON en la pequeña iglesia de San Antonio tres meses después.

Matt lo habría hecho nada más llegar a la isla, pero Diana, que lo estaba organizando todo, le dijo que necesitaba más tiempo para asegurarse de que fuese un día que Rachel recordase siempre.

–¿Y yo? –le había preguntado Matt.

–Tú vas a recordar todos los días de tu vida de ahora en adelante. Ahora, ve y dile a tu padre que la comida está preparada.

A Rachel le había encantado su casa nada más verla. Tenía gimnasio y piscina, y estaba muy cerca de cala Mango, donde había estado con Matt en su primera mañana en la isla.

–Entonces quise enseñarte mi casa –le confesó él–, pero además de que Sara estaba allí, tú tampoco me alentaste a hacerlo. Me gustaste nada más verte.

–Y tú a mí, pero entonces no me di cuenta –admitió ella–. Qué tonta fui.

–Pero ahora eres mía. Y te quiero. Para siempre.

La boda fue un gran éxito. Rachel y Matt estaban muy guapos y los padres de Rachel asistieron juntos. Todavía no habían hecho las paces del todo, pero tampoco estaban enfadados. También fue su tía Laura, para apoyar a la pareja. Y a Rachel le pareció un día maravilloso.

Matt y ella pasaron la luna de miel en Italia, y luego volvieron a la casa justo para la temporada de huracanes.

—Ya te dije que no todos los días son buenos en San Antonio —le dijo Matt una mañana, al verla sentada frente a la ventana, viendo llover.

—En realidad, lo dijo tu hermana, pero no me importa que llueva, si no dura mucho —respondió ella.

—Pasará —Matt se sentó a su lado y la abrazó. Estaba desnudo y apretó la erección contra su trasero—. ¿Cómo te encuentras?

—Mejor después de haber vomitado —admitió ella—. ¿Te he despertado?

—No —mintió.

Pero Rachel sabía que siempre estaba pendiente de cómo llevaba el embarazo.

Le había dicho que habría preferido esperar, que no quería compartirla con nadie, pero ella sabía que lo que le preocupaba era que la madre biológica de Rachel había muerto nada más dar a luz.

—Todo irá bien —murmuró, apoyando la cabeza en su hombro—. Además, quiero tener un hijo tuyo. Quiero sentir cómo crece dentro de mí. Saber que es la prueba definitiva de mi amor por ti.

—Lo sé —le dijo Matt, acariciándole el hombro con los labios.

Su hijo nació seis meses después, en el dormitorio que utilizaban cuando se quedaban en Jaracoba.

—Es un niño muy sano —les dijo el médico nada más sacarlo, pataleando y llorando del vientre de su madre.

–Como su padre –dijo Rachel en voz baja–. Precioso, ¿verdad? –añadió, mirando a Matt.

–Como su madre –afirmó Matt, sentándose a su lado en la cama y dándole un beso–. ¿Te he dicho ya que te quiero?

–No en las últimas horas –murmuró ella–. ¿Qué te parece si le ponemos Jacob, como tu padre?

–Jake –contestó Matt, acortando el nombre–. Sí. Jake Brody. Me gusta.

A Jacob Brody le encantó que llamasen a su nieto como a él. Diana y él serían los abuelos perfectos, y hasta Sara y Ralph fueron al bautizo.

–¿Crees que están juntos gracias a nosotros? –le preguntó Matt mientras daban un paseo por cala Mango, después de la celebración.

–En cualquier caso, nosotros estamos juntos gracias a ellos –murmuró Rachel–. Y eso es lo más importante, ¿no crees?

Y Matt le dio la razón.

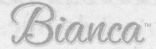

La princesa fue desposada y luego seducida…

Sigiloso y peligroso como un felino, uno de los rasgos característicos de Luc Garnier era su capacidad para lograr lo imposible.

La princesa Gabrielle no tenía precio. Aun así, Luc había desafiado las probabilidades en contra y conseguido un contrato matrimonial. Sería una unión sobre el papel primero, y de carne y hueso después…

Sin embargo, Gabrielle era la misma en privado que en público: educada, de modales impecables y una garantía para su país. Luc estaba decidido a encontrar a la libertina que seguramente había tras su fachada…

*La princesa
y el millonario*

Caitlin Crews

Acepte 2 de nuestras mejores novelas de amor GRATIS

¡Y reciba un regalo sorpresa!

Oferta especial de tiempo limitado

Rellene el cupón y envíelo a

Harlequin Reader Service®
3010 Walden Ave.
P.O. Box 1867
Buffalo, N.Y. 14240-1867

¡Si! Por favor, envíenme 2 novelas de amor de Harlequin (1 Bianca® y 1 Deseo®) gratis, más el regalo sorpresa. Luego remítanme 4 novelas nuevas todos los meses, las cuales recibiré mucho antes de que aparezcan en librerías, y factúrenme al bajo precio de $3,24 cada una, más $0,25 por envío e impuesto de ventas, si corresponde*. Este es el precio total, y es un ahorro de casi el 20% sobre el precio de portada. !Una oferta excelente! Entiendo que el hecho de aceptar estos libros y el regalo no me obliga en forma alguna a la compra de libros adicionales. Y también que puedo devolver cualquier envío y cancelar en cualquier momento. Aún si decido no comprar ningún otro libro de Harlequin, los 2 libros gratis y el regalo sorpresa son míos para siempre.

416 LBN DU7N

Nombre y apellido	(Por favor, letra de molde)
Dirección	Apartamento No.
Ciudad	Estado	Zona postal

Esta oferta se limita a un pedido por hogar y no está disponible para los subscriptores actuales de Deseo® y Bianca®.
*Los términos y precios quedan sujetos a cambios sin aviso previo.
Impuestos de ventas aplican en N.Y.

SPN-03   ©2003 Harlequin Enterprises Limited

Bajo sus condiciones

EMILIE ROSE

Hacía años que Flynn Maddox se había divorciado de su mujer... o eso creía él. Pero descubrió que seguían casados y que ella pensaba quedarse embarazada de él mediante la inseminación artificial.

Lo más sorprendente de todo fue darse cuenta de lo mucho que aún la deseaba. Para el implacable hombre de negocios había llegado el momento de emplear sus habilidades profesionales al servicio de una buena causa. Le daría a Renee el hijo que ella tanto anhelaba, pero a cambio le impondría algunas condiciones muy personales.

Tendría que seguir las normas del vicepresidente

Primero, el príncipe la había seducido,
luego la había obligado a casarse con él

No era normal que el príncipe Nico Cavelli perdiera el tiempo visitando a una turista en una celda. Excepto si aquella supuesta delincuente le había robado algo muy personal: su hijo, heredero al trono de Montebianco.

Lily Morgan siempre supo que era un error ir hasta aquel reino mediterráneo, pero no había tenido otra opción. Primero, había sido encerrada en prisión por un delito que no había cometido. Luego, el príncipe la había ayudado… pero a cambio había tenido que casarse con él.

Heredero perdido

Lynn Raye Harris